Bruno Moebius

Die vergessene Muse

Für Gustl

Die vergessene Muse

Phantastische Geschichten

von

Bruno Moebius

Impressum

Druck und Verlag: epubli GmbH, Berlin, www.epubli.de

ISBN 978-3-8442-3022-2

Inhalt

Die vergessene Muse

Sie war da.

Ich hatte sie nicht kommen sehen, weil sie nicht gekommen war.

Sie war erschienen. Einfach so. Und nun saß sie auf meinem Sofa und sah mich an.

"Hallo Paul", sagte sie und lächelte.

"Hallo", sagte ich automatisch und erschrak nachträglich darüber, dass ich eine offensichtliche Vision, eine optische und wohl auch akustische Täuschung, wie eine alte Bekannte begrüßte.

"Sieht es bei dir immer so unaufgeräumt aus?"

"Nein... ich bin eben erst hier eingezogen!"

Die Täuschung besaß wohl einen ausgeprägten Sinn für Ordnung, doch ich musste zugeben, dass es in meiner Wohnung aussah wie auf einem Schlachtfeld. Es war richtig peinlich. Dass ich eben erst meine gesamte Habe in Plastiksäcken herbeigeschafft und noch nichts verstaut hatte, weil ich noch keine Schränke oder Regale besaß, änderte nichts an der Wirkung, die der Anblick dieses Durcheinanders auf Besucher haben musste.

"Ich weiß", sagte sie. "Deshalb bin ich ja gekommen!"

Ich kniff mich heimlich in die rechte Hinterbacke, doch auch der Schmerz vertrieb die Fata Morgana - oder was immer vor mir auf dem Sofa sitzen mochte - keineswegs.

"Kommen Sie von der Hausverwaltung?"
Eine dümmere Frage fiel mir in der Eile nicht ein.
Selbstverständlich kam sie nicht von der Hausverwaltung! Ich wollte nur nicht zeigen, dass ich anscheinend vergessen hatte, wer sie war und wie sie hieß, und zu spät fiel mir ein, dass ich mit meiner Frage genau das erkennen ließ.
Sie lachte, und ihr bisher nur schönes Gesicht wurde mit einem Mal auch sympathisch.
"Ich habe eine ziemlich lange Reise hinter mir", sagte sie und strich eine Strähne ihres hennaroten Haares aus der Stirn.
"Möchten Sie ein Glas Wasser? Ich... nun ja... ich habe nichts im Haus... ich war nicht auf Besuch vorbereitet."
"Ich denke, so etwas trägt man hierzulande", sagte sie, ohne auf mein Angebot einzugehen, und ich fühlte, dass ich errötete, denn sie hatte mich dabei ertappt, wie ich ihre Beine anstarrte, die sich in den modischen Leggings und dem hoch gerutschten Kleidchen sehr wohlgeformt bis weit obenhin zeigten.
"Ja, ich denke... auch", stotterte ich wie ein Schuljunge, der der Lehrerin unter den Rock geguckt hatte.
"Du siehst müde aus. Du arbeitest zu viel und schläfst zu wenig", wechselte sie erneut das Thema. "Und du hast Kummer."
Sie schien mich ziemlich gut zu kennen, aber ich hatte noch immer keine Ahnung, wer sie war und wie sie in die

Wohnung gekommen war.

Sie erhob sich und unternahm einen kleinen Rundgang durch den Raum, der einmal mein Arbeitszimmer werden sollte.

"Hier könnte ich nicht arbeiten, so wie das hier aussieht", meinte sie dann. "Kein Wunder, dass deine Kreativität an einem Tiefpunkt angelangt ist!"

Ich protestierte.

"Ich habe reichlich Ideen!"

"Und was fängst du damit an?. Nichts! Du lässt das Geschenk der Götter verkümmern! Denkst du, dass du die Gunst, die dir erwiesen wurde, so sträflich missachten darfst?"

Mir dämmerte, dass sie aus einer Klinik entkommen sein musste.

Ich musste etwas unternehmen - aber was? Sie wirkte nicht gefährlich - noch nicht...

Und sie sah verdammt gut aus!

Ich beschloss abzuwarten. Die Sache bot möglicherweise mehr Stoff für eine neue Geschichte als die kleinen Begebenheiten, die ich üblicherweise zu Erzählungen auswalzte, und darüber hinaus war es bei Verwirrten immer besser, auf ihre Absurditäten einzugehen als ihnen zu widersprechen.

"Ich lasse nichts verkümmern! Ich... es ist lediglich eine kleine Schaffenspause!"

"Mehrere Jahre nennst du eine kleine Schaffenspause?

Hätte ich mich so gehen lassen wie du, wäre mein Name ebenso verschollen wie meine Gedichte!"
"Verschollen? Ich verstehe nicht... wieso verschollen?"
"Das tut nichts zur Sache - sie waren ohnedies alberner Kram! Es ist nicht schade darum - aber es ist mehr als schade, wie achtlos du mit dir und deiner Kunst umgehst!"
Sie hatte Recht. Ich fand es auch schade, aber ich fand seit Jahren keine Kraft, meine Ideen reifen zu lassen und etwas Beständiges daraus zu machen. Irgendwann hatte mich die Begeisterung verlassen, die mich früher erfüllt hatte, wenn ich mit einem neuen Werk, und sei es noch so klein und unbedeutend, schwanger ging.
"Woher kennst du mich eigentlich?" platzte ich heraus, ohne Absicht zum "Du" übergehend. Sie schien es nicht zu bemerken.
"Woher ich dich kenne? Ich weiß es nicht mehr; es ist schon so lange her und so vieles geschehen. Irgendwie habe ich dich entdeckt damals, ich glaube... ja! Kannst du dich an dein erstes Gedicht erinnern? Es stammte nicht von dir - du hast es abgeschrieben und als dein eigenes ausgegeben..."
Ich fühlte erneut, wie ich errötete.
Ich wusste genau, welches Gedicht sie meinte. Wie alt war ich damals gewesen? Vierzehn? Oder jünger?
"Woher...?"
"Ich sagte ja, ich habe dich damals entdeckt. Ich vermute, es liegt daran, dass ich meine ersten Gedichte ebenfalls

nicht wirklich selbst verfasst habe. Ich habe sie lediglich niedergeschrieben, und später hat man sie mir zugeschrieben. Ich konnte nichts mehr dagegen tun, weil ich..."

Sie biss sich auf die Unterlippe.

Mir wurde bewusst, was mir schon die ganze Zeit über aufgefallen war: sie wirkte nervös, ihre Wangenmuskeln zuckten dann und wann, und sie konnte ihre Finger nicht still halten.

"Ich kann mich aber nicht erinnern, dich schon jemals gesehen zu haben, obwohl... ganz fremd erscheinst du mir auch nicht. Mir ist, als sollte ich dich kennen, aber... irgendwie... in mir drin."

"Das ist schön", sagte sie. "Du fühlst mich noch - also habe ich nicht völlig versagt!"

Sie setzte sich wieder auf mein Sofa, schlug die Beine über einander und sah mich prüfend an. Sie hatte graue Augen mit einem deutlichen schwarzen Rand um die Iris.

Das Grau des Himmels, wo er sich am Horizont mit dem Meer vereinigt, dachte ich. Nicht dumpf, nicht matt - ein strahlendes Grau, nicht tot, nicht müde - ein lebendes, lebhaftes Grau...

"Wieso versagt?", fragte ich gerade noch zur rechten Zeit, ehe ich in ihren Augen versunken wäre.

"Denk nicht darüber nach! Ich bin hier, das muss genügen. Wir haben auch nicht viel Zeit... ich kann nicht lange bleiben."

"Bist du beruflich hier oder machst du Ferien?"

Es war einfach absurd.

Ich unterhielt mich mit einer Frau, die aus dem Nichts auf meinem Sofa erschienen war, als hätte ich sie eben vorhin im Schlosspark beim Füttern der Schwäne kennen gelernt.

"Ich hatte dich beinahe vergessen", sagte sie, ohne meine Frage zur Kenntnis zu nehmen. "Aber aus irgend einem Grund sprach ich vor einiger Zeit mit jemandem über dich - ich erinnerte mich plötzlich... und da wusste ich, ich musste bei dir nach dem Rechten sehen."

Ich zündete mir eine Zigarette an.

Meine Finger zitterten ein wenig.

"Du rauchst zu viel und du schläfst zu wenig!"

Es schwang kein Vorwurf in ihrer Stimme mit. Es war eine Feststellung, und sie traf zu. Ich hatte in letzter Zeit wirklich nicht gesund gelebt, vom Zustand meiner Psyche ganz zu schweigen.

"Ich werde mich bessern", sagte ich, obwohl ich mir nicht vorstellen konnte, was diese Frau mit meiner Lebensführung zu schaffen haben mochte, aber sie hatte etwas an sich, das mir sagte, ich sollte mich bemühen ihr zu gefallen.

"Das höre ich gerne", sagte sie und erhob sich.

"Ich muss jetzt gehen - ich habe noch einiges zu erledigen, aber... ich komme wieder. Bald."

"Wie ist dein Name?"

Meine Frage verpuffte sinnlos im Raum, denn da, wo sie

eben noch gestanden hatte, war nichts. Sie war spurlos verschwunden, und wie mein eigenes Echo fragte ich noch einmal: Wie ist dein Name?

*

Künstler jedweder Gattung haben kein Geld, um es sinnlos auszugeben, und die Wenigen, die welches haben, sind zu geizig dazu. Dennoch überleben seit Jahrzehnten die typischen Wiener Kaffeehäuser hauptsächlich der Künstler wegen, denn die Hoffnung, einen bekannten Schriftsteller, einen berühmten Schauspieler, eine gefeierte Musicaldarstellerin oder die viel beneidete Mädchenmalerin leibhaftig anzutreffen, bringt zahlende Gäste ins Kaffeehaus.

Gerüchten zufolge soll der eine oder andere Künstler sein Mittagessen, seinen täglichen Vollrausch oder seine Tagesration Zigarren simpel dadurch verdient haben, dass er oder sie sich einen halben oder auch ganzen Tag lang an einem bestimmten Tisch im Lokal aufhielt, die Zeitungen lesend, in Notizbücher kritzelnd oder gegen sich selber Schach spielend.

Weiteren Gerüchten zufolge sind bedeutende Werke namhafter Künstler im Zuge dieser nebenerwerbsmäßigen Zurschaustellung entstanden, wobei sich einem die Frage aufdrängt, was wohl Karl May geschrieben hätte, hätte er im Kaffeehaus anstatt im Gefängnis gesessen.

Mein einziges Privileg im Kaffeehaus bestand darin, dass mir ohne langwierige Befragung sofort nach meinem Eintreten ein kleiner Espresso serviert wurde, den ich allerdings früher oder später bezahlen musste. Für meine Kunst interessierte sich hier niemand, und das war auch gut so, denn ich wollte hier lediglich entweder belanglose Gespräche führen oder überhaupt meine Ruhe haben.

"Für mich das Gleiche", sagte eine weibliche Stimme neben mir. "Hallo Paul!"

Ich bekam den ersten Schluck meines Kaffees in die falsche Röhre und hustete in meinen Jackenärmel, um nicht geradewegs die Serviererin hinter der Theke anzuspucken.

"Ich bin untröstlich! Ich hätte daran denken müssen, dass ich dich erschrecken könnte", sagte sie und klopfte mit einer Hand auf meinen Rücken. Ich versuchte zu atmen. Es ging...

"Hallo", brachte ich mühsam heraus. "Es ist nur... die Überraschung..."

Sie sah noch besser aus als vor drei Tagen, auch wenn ihre Beine jetzt in modischen Blümchenjeans steckten.

"Wie heißt du?" fragte ich schnell, ehe sie sich möglicherweise in Luft auflöste wie zuletzt.

"Wie gefällt dir... Laura?"

"Sehr gut", sagte ich.

"Gut, dann nenne mich Laura."

Ich hatte zwar so ein Gefühl, dass das nicht ihr wahrer

Name wäre, aber immerhin hatte ich nun einen Namen, bei dem ich sie nennen und an den ich mich bei Bedarf würde erinnern können. Laura passte zu ihr. Ja, sie sah aus, als müsste sie Laura heißen!
"Schön, Laura. Und nun - wie machst du das, aus dem Nichts aufzutauchen? Ich meine... ich sehe dich nicht kommen, nicht gehen..."
"Oh, das ist ganz einfach! Ich wünsche mir, bei dir zu sein, und schon bin ich da!"
Ich beließ es vorläufig dabei. Mit Verrückten, Betrunkenen und Fata Morganas sollte man nicht diskutieren.
"Ich weiß noch immer nicht, woher wir einander kennen", sagte ich. Ganz ohne Gegenwehr wollte ich mich nun doch nicht von ihr überfahren lassen.
"Dein erstes Gedicht - weißt du nicht mehr? Da habe ich dich bemerkt. Wahrscheinlich warst du genau zu diesem Zeitpunkt der einzige Mensch, der ein Gedicht geschrieben hat - auch wenn es nur abgeschrieben war. Es ist eine meiner Aufgaben, so etwas zu bemerken."
"Du arbeitest also für einen Buchverlag; bist so etwas wie ein Talent Scout?"
Ich hatte mir die Sache nicht gründlich überlegt, denn niemand außer mir konnte wissen, dass ich vor mehr als vierzig Jahren einen Vierzeiler abgeschrieben und als mein Werk ausgegeben hatte. Die, der ich das Gedichtchen in ihr Stammbuch schrieb, wusste mit Bestimmtheit bis heute nicht, welche Bewandtnis es damit hatte.

Laura lachte, und darüber vergaß ich alle Fragen, die ich vielleicht noch hätte stellen können.
Eine Woge der Sympathie, ja, der Zuneigung erfasste mich und ich legte meine Linke auf ihre Rechte, die auf dem glatten, dunklen Holz der Theke ruhte.
"Lass das", sagte sie leise und das Lachen verschwand von ihrem Gesicht.
Sie entzog mir sanft ihre Hand.
"Ich bin hier, um dir zu helfen, nicht, um dir weh zu tun!"
Diesmal meinte ich einen kleinen Luftwirbel zu spüren, als ich mich unvermittelt ganz allein an der Theke sah.
Laura hatte sich wie schon einmal spurlos davongemacht...
Ich blickte unauffällig um mich, doch außer mir schien niemand ihr Verschwinden bemerkt zu haben. Ich bezahlte ihren und meinen Kaffee, und nicht einmal das Mädchen hinter der Theke schien sich über irgend etwas zu wundern.
Ich blieb noch eine Weile sitzen, hoffte, sie würde ebenso plötzlich wieder auftauchen, wie sie verschwunden war, doch nichts geschah.
"Trinken Sie den noch?" riss mich die Stimme des Mädchens aus meinen Gedanken. Sie deutete auf die bis jetzt unberührt gebliebene Kaffeetasse. Das Papierbeutelchen mit Zucker und ein Keks lagen auf der Untertasse.
"Nein... warten Sie... den Keks nehme ich mit", sagte ich.
Sie servierte ab, nachdem ich den Keks genommen und in

meine Jackentasche geschoben hatte, und ich verließ das Kaffeehaus mit ein wenig unsicheren Schritten.
Wer war Laura?

*

Ich musste für zwei Wochen fort von daheim, weil ich gelegentlich bei einem Tourneetheater mitwirkte.
Die Schauspielerei machte mir Spaß, einerseits, weil ich dann und wann gern auf der Bühne stand, ohne singen oder Gitarre spielen zu müssen, wobei ich nicht mich selbst, sondern völlig fremde Personen darstellen konnte, andererseits, weil damit Geld zu verdienen war.
Laura ließ sich nicht blicken, doch hatte ich gehofft, ich würde sie vergessen, wurde ich enttäuscht, denn ich musste unentwegt an sie denken. Ich wurde das Gefühl nicht los, dass ich sie, einmal nach Hause zurückgekehrt, wieder sehen würde, und ich war beinahe überrascht, dass es nach meiner Rückkehr doch noch volle drei Tage dauerte, bis sie erschien.
"Ich dachte schon, du kämst nicht mehr", sagte ich mit leicht belegter Stimme.
"Jetzt bin ich hier, und das allein zählt", sagte sie, stellte sich auf die Zehenspitzen und küsste mich auf die Nasenspitze.
Ich fühlte ein Kribbeln von den Haarwurzeln bis in die Zehen, griff nach ihr, um sie an mich zu ziehen, doch sie

war schon einen Schritt zurück getreten.
"Paul", sagte sie lachend und drohte mir mit dem Zeigefinger. Dann trat sie ans Fenster und blickte hinaus.
"Schnee fällt vom Himmel", sagte sie leise. "Es ist wunderschön - lass uns hinaus gehen..."
Mir fiel auf, dass ich sie noch nie in Mantel oder Jacke gesehen hatte, und auch jetzt trug sie nur Jeans und Pulli. Wie konnte sie mitten im Winter stets so leicht bekleidet sein?
"Ein Spaziergang täte mir wirklich gut", sagte ich. "Aber... wird dir nicht kalt sein da draußen?"
"Du leihst mir einfach etwas von deinen Sachen", sagte sie nach kurzem Zögern.
Ich hatte noch keinen Kleiderschrank, meine gesamte Kleidung lag gehäuft auf dem Fußboden, und obenauf lag meine Daunenjacke.
Ich nahm sie und gab sie Laura. Sie schlüpfte hinein, dann lachte sie.
"Ich sehe bestimmt sehr komisch aus in deiner Jacke", sagte sie.
Ich versicherte ihr, dass sie blendend aussah, und das war die Wahrheit, auch wenn sie nun eine leichte Ähnlichkeit mit einem Storch im Bärenfell hatte.
Wir verließen die Wohnung und traten auf die Straße hinaus.
Schneeflocken tanzten leicht hernieder wie winzige weiße Schmetter-linge, und Laura versuchte sie zu fangen und

sah dann zu, wie Kristalle auf ihren Handflächen ihre Struktur aufgaben und zu kleinen Wassertropfen wurden.
Wir spazierten durch den Park gegenüber meines Hauses, und schon nach wenigen Minuten hatten sich so viele Kristalle in ihrem Haar verfangen, dass es weiß statt rot war.
Ihre beinahe kindliche Freude sprang auf mich über. Ich bückte mich, griff in den Schnee, formte mit den Händen einen kleinen Ball und warf ihn scherzhaft in Lauras Richtung.
Der Schneeball zerplatzte am Stamm einer entblätterten Buche, vor der Laura eben noch gestanden hatte. Laura war spurlos verschwunden, und mit ihr meine Daunenjacke...

*

Ich wusste nicht, was mich an Laura mehr beunruhigte: ihr unvermutetes Auftauchen und Verschwinden, ihre Schönheit, die Selbstverständlichkeit, mit der sie mich wie ihren vernachlässigten Schutzbefohlenen behandelte, oder ihre kindlich anmutende Naivität in Bezug auf Schnee.
Dazu kam ihre erotische Ausstrahlung, die mich vom ersten Moment an in ihren Bann gezogen hatte.
Ich verstand, dass sie kein gewöhnlicher Mensch sein konnte, aber ich hatte keine Vorstellung davon, wer oder was sie tatsächlich sein mochte.

Ich wurde immer unruhiger, als sie mehrere Tage lang nicht wieder erschien. Es lag nicht daran, dass meine Daunenjacke mit ihr gemeinsam verschwunden war, sondern an der Befürchtung, dass ich Laura womöglich nie wieder sehen würde.

Ich fühlte mich ihr auf eine seltsame Weise verbunden, obwohl ich sie doch kaum kannte. Ich vermisste sie, obwohl ich noch gar keine Zeit gehabt hatte, mich an sie zu gewöhnen, und ich begehrte sie, ganz gleich, ob sie real existierte oder vielleicht doch nur in meiner Einbildung.

Ich musste meine Gedanken ordnen, und das tat ich meist, indem ich sie zu Papier brachte und dann so las, als hätte nicht ich selbst geschrieben, sondern ein völlig Fremder. Ich begann also zu schreiben, und innerhalb kürzester Zeit hatte ich mehr geschrieben als in den letzten beiden Jahren zusammen.

Ich las und las, und ich erkannte zu meiner Verwunderung, dass meine Gedanken nicht nur bereits geordnet waren, sondern dass eine vollständige Geschichte daraus geworden war.

Ich las die Geschichte noch einmal vom Anfang bis zum Ende. Meine Gedanken steckten darin, aber es war vieles hinzugefügt oder weggelassen, und der Schreibstil war anders als sonst. Die Sprache war teils blumiger, teils direkter als die meine, so, als hätte ich manche Dinge extrem umschreiben, andere ungewohnt hart ausdrücken wollen.

Es war beinahe, als hätten zwei verschiedene Autoren daran gearbeitet, die bewusst auf diesen Kontrast hin zielten.
"Lies es mir vor!"
Laura saß auf dem Bettrand, diesmal in etwas gekleidet, das wie ein Nachthemd einer Prinzessin aussah, und darüber trug sie meine Daunenjacke.
"Laura! Da bist du ja wieder! Warum... bist du im Park plötzlich verschwunden?"
"Ich bekam Angst, als dieser weiße Ball auf mich zukam... es war dumm von mir - ich weiß, aber... als ich erkannte, dass mir nichts Böses drohte, war es schon zu spät. Es wäre zu gefährlich gewesen, wenn ich mich zurück gewünscht hätte, ehe ich noch fort war."
"Ich würde zu gern wissen, wie du das machst", sagte ich.
"Ich erkläre es dir irgendwann einmal... vielleicht. Jetzt aber lies mir deine Geschichte vor!"
Ich fragte sie nicht danach, woher sie wusste, dass ich eine Geschichte geschrieben hatte, da mir einfiel, dass sie ja sogar von meinem allerersten - abgeschriebenen - Gedicht gewusst hatte.
"Lies!", befahl sie, und ich begann vorzulesen.
"Das ist eine wundervolle Geschichte", sagte sie, als ich geendet hatte. "Und es war schön, deiner Stimme zuzuhören. Ich liebe deine Stimme! Du solltest den Menschen deine Geschichten vorlesen, anstatt sie in Bücher aus Papier zu stecken."

"Seltsam, dass du das sagst - ich hatte selbst schon die Idee, Lesungen zu veranstalten. Die Sache hat nur einen kleinen Haken: wenn ich keine Bücher verkaufe, kennt mich niemand, und wenn mich niemand kennt, kommt auch niemand zu einer Lesung."

"Wenn du nichts versuchst, kann dir nichts gelingen", sagte sie.

Sprach da aus ihr Weisheit oder hatte sie naiv die Wahrheit erkannt?

Ich wurde aus ihr einfach nicht schlau.

"Ich will schon lange hinaus unter die Menschen. Ich brauche Publikum", sagte ich. "Das Theater ist ein Schritt in diese Richtung, aber... "

"Aber dabei kannst du nicht du selbst sein", vollendete sie meinen Satz. Sie schien zu wissen, worum es ging, und ich fragte mich, ob sie meine Gedanken lesen konnte oder ob es einfach weibliche Intuition war.

"Du zersplitterst dich", fuhr sie fort. "Du willst so vieles, weil du so vieles kannst, doch um Ziele zu erreichen, muss man sie sich setzen - und zwar eines nach dem anderen."

"Du hast Recht", sagte ich. "Warum bin ich nicht selber darauf gekommen?"

"Weil du unglücklich bist. Dein Leben ist wie ein Schiff ohne Ruder, und wenn der Sturm in die Segel fährt, wird es herumgeschleudert als wäre es Treibholz. Ich will dein Ruder sein und der sanfte Wind, der deine Segel füllt, aber... steuern musst du selbst, mein Freund!"

Ihre Worte bewegten mich.
Ich kniete vor ihr nieder und ergriff ihre Hände. Diesmal entzog sie sie mir nicht, sondern erwiderte den sanften Druck meiner Finger, neigte den Kopf und küsste mich auf die Stirn. Ich erwartete, dass sie sich danach wieder einmal in Luft auflösen würde, doch nichts dergleichen geschah. Ihr Kopf senkte sich ein wenig, und als ich den meinen vorsichtig hob, sah ich direkt in ihre Augen.
War es das Flackern der Flamme der Kerze auf dem Tisch? Im Grau der Iris tanzten kleine weiße Schaumkronen auf den Wellen, da, wo sich Meer und Himmel vereinigten, und als meine Lippen die ihren berührten, senkten sich die Lider und es wurde Nacht über dem Meer...

*

Ich war allein, als ich erwachte.
Ich musste wider Willen lachen, als mir bewusst wurde, welch langweiliges Klischee es doch war, wenn man sich fragte, ob man alles vielleicht nur geträumt hatte.
Und wenn schon - gab es da wirklich einen Unterschied? War es nicht völlig gleichgültig, ob das Unglaubliche, das unvergleichlich Schöne, das ich noch immer in mir spürte, Erinnerung an einen Traum oder an tatsächlich Geschehenes war?
War nicht alles, was Laura betraf, unwirklich wie ein Traum und hatte ich nicht trotzdem ihre Hände gehalten, ihren

Mund geküsst? Hatte sie nicht trotzdem meine Daunenjacke irgendwohin in die Weiten des Universums entführt und zurück gebracht?
Ich setzte Kaffeewasser auf, und als schließlich das heiße Gebräu in einer der beiden Kaffeetassen, die ich mein eigen nannte, vor mir stand, fragte ich mich, ob ich die zweite Tasse jemals vor Laura hin stellen würde, oder ob sie diesmal für immer verschwunden bliebe. Was dann? Was dann, Paul?
Hatte nicht mein wirkliches Leben erst mit Laura begonnen?
War nicht das, was ich vordem als Leben gekannt hatte, ein bloßes Sein gewesen? Ein Existieren mit Freuden und Leiden, aber ohne dieses Vibrieren in mir, ohne dieses unbeschreibliche Gefühl einer ohnmächtigen Allmacht, die bereit war, erweckt zu werden?
Und doch rief das Beisammensein mit Laura Erinnerungen in mir wach, nein - Ahnungen von Erinnerung an ein Leben vor dem bloßen Sein.
Es war eine Zeit der Lebensfreude, der überschäumenden Kreativität, der künstlerischen Fruchtbarkeit gewesen, deren Bestehen ich vergessen, verdrängt hatte und deren Schwingungen allmählich in mein neues Bewusstsein drängten.
Was dann, Paul?
Was, wenn meine waidwunde Seele mich doch nicht in die Irre führte, wenn Laura real, wenngleich äußerst

merkwürdig, war?

Was, wenn ich mich nicht in eine Ausgeburt meiner Fantasie im Reich der Träume verliebt hatte, sondern in eine Frau aus Fleisch und Blut, die nach Frühling duftete und in der Hitze nach Sommer schmeckte?

Ich füllte meine Kaffeetasse zum zweiten Mal und zündete mir eine Zigarette an.

Dann begann ich zu schreiben...

*

Laura erschien jetzt täglich, verbrachte ganze Nächte mit mir, und meine zweite Kaffeetasse erfuhr endlich ihre Daseinsberechtigung.

Lauras frühere Zurückhaltung verwandelte sich in Hingabe, ihr Widerstand in Verlangen, und nur eine Kleinigkeit hinderte mich daran, unsere Beziehung als perfekt zu betrachten: ich wusste so gut wie nichts von ihr, sie hingegen schien alles von mir zu wissen.

Ich wusste nicht recht, wie ich das Thema zur Sprache bringen sollte, ohne zu riskieren, dass ich sie damit erschreckte und in die Flucht schlug, doch eines Nachts kam sie von selbst darauf zu sprechen.

Wir standen am Fenster und sahen in die Nacht hinaus.

Kleine Wolken zogen gelegentlich am bleichen Halbmond vorüber, hängten ihm einen Kinnbart um oder hüllten ihn in wallendes Haar, und Laura nahm meine Hand, drückte sie fest und sagte:

"Wenn die Nacht des neuen Mondes anbricht, muss ich fort von dir." Ich fühlte, wie mein Herz stehen blieb, wie sich meine Lungen weigerten, frische Luft einzulassen, und wie mein Hirn sich sträubte zu glauben, was die Ohren berichteten.

"Warum?" brachte ich nach einer halben Ewigkeit heraus.

"Ich muss zurück nach Hause", sagte sie, noch immer meine Hand drückend, als wollte sie sie nie wieder loslassen.

"Wo ist das: zu Hause?"

"Das ist ohne Bedeutung, mein Geliebter! Du kannst mich nicht begleiten, du kannst mich nicht besuchen... ich kann dir nur versprechen, dass ich wiederkomme... so bald ich kann!"

"Der neue Mond... Neumond... es sind nur noch wenige Tage bis dahin!"

Sie lehnte ihren Kopf an meine Schulter.

Ein heißes Bächlein begann sich seinen Weg über meine Brust hinab zu bahnen, und sie drückte meine Hand noch fester.

"Kann ich irgend etwas tun... wie kann ich...?"

"Du kannst nichts tun. Rein gar nichts", sagte sie leise. "Außer mich zu lieben!"

Dann zog sie mich weg vom Fenster, hin zum Bett, und mit dem letzten Blick hinauf zum Himmel schien mir, als zwinkerte der Mond mir zu.

*

Die Zeit ist ein seltsames Ding.

Während Lauras Abwesenheiten, die jetzt nie länger als einen Tag dauerten, dehnten sich die Stunden zu einer quälenden Ewigkeit, doch war sie bei mir, flogen sie nur so dahin, und die täglich schmäler werdende Sichel des Mondes brachte mich mehr und mehr zur Verzweiflung.

Ich versuchte mir nichts anmerken zu lassen, doch Laura wusste genau, wie es um mich stand - ich konnte es in ihren Augen lesen.

"Wann sehen wir einander wieder?" fragte ich sie eines Morgens beim Frühstückskaffee, da ich ahnte, dass sie gleich wieder verschwinden würde.

"Übermorgen. Morgen habe ich keine Zeit."

Es war das erste Mal, dass sie ihr sonst so unvorhersehbares Wiedererscheinen ankündigte, und so wagte ich eine weitere Frage.

"Warum hast du keine Zeit?"

"Ich habe zu tun", sagte sie - nicht unfreundlich, aber doch in einem Ton, der bedeutete, dass sie keine nähere Auskunft geben würde.

"Ich bin nicht nur deinetwegen hier. Ich habe auch andere Aufgaben zu erfüllen", fügte sie zu meiner Überraschung hinzu.

Mehr ließ sie allerdings nicht mehr verlauten, und ich wusste, dass ich keine weiteren Fragen zu stellen brauchte. Ich würde keine zufriedenstellenderen Antworten erhalten.

"Lass uns die Zeit genießen, die uns bleibt", sagte sie. "Es ist so unglaublich schön, in deinen Armen zu liegen und an nichts zu denken, meinen Kopf an deine Brust zu legen und deinem Herzschlag zu lauschen, dem wilden Hämmern erst und dem keuchenden Atem der Leidenschaft, dann dem starken, gleichmäßigen Pochen und den langsamen, tiefen Atemzügen, wenn du neue Kräfte sammelst... an nichts zu denken, wenn die Berührungen deiner Finger mir Schauer durch den Körper jagen, mich so unfassbar lebendig machen wie nichts sonst in dieser Welt..."
"Ich lieb' dich", sagte ich.
"Ich lieb' dich auch!"
Und weg war sie...

*

Endlich hatte ich es ausgesprochen.
Ich hatte nie den passenden Moment gefunden, ihr zu sagen, dass ich sie liebte, denn immer, wenn ich beinahe damit herausgeplatzt wäre, hätte es nach einer abgedroschenen Phrase geklungen, doch jetzt, ohne Bedenken, hatte ich es ausgesprochen.
Ihre Antwort war so schnell, so spontan gekommen, dass ich ihr einfach glauben musste.
Ich verbrachte den Tag des Wartens in einem Wechselbad von Glücksgefühl und Traurigkeit. Wir liebten einander, doch wir würden uns trennen müssen. Welche Ironie lag

doch darin, dass das, was ich so lange vergeblich gesucht und endlich gefunden hatte, mit einem Ablaufdatum versehen war.

Würde sie wirklich wiederkommen?

Würde sie mich dann noch lieben?

Oder würde die Zeit sie von der Liebe heilen?

Ich wusste, dass meine Liebe unheilbar war, aber war es auch die ihre? Vielleicht hatte sie sich nur auf ein Spiel mit dem Schicksal eingelassen und würde es verlieren. Vielleicht wollte sie es gar nicht wirklich gewinnen? Vielleicht gewann sie es erst, wenn sie es verlor?

Ich erkannte, dass ich dabei war, mich selbst verrückt zu machen.

In dieser Nacht war die Sichel des Mondes schon so schmal, dass ich wusste, der nächste Tag würde unser letzter sein.

Wie konnten wir diesen Tag noch besser, noch schöner verbringen als alle bisherigen?

Wie konnte ich ihr ein für alle Mal beweisen, dass ich sie wirklich liebte, dass mein Leben von morgen an aus Warten auf ihre Rückkehr bestehen würde?

Aber ich wollte nicht einfach da sitzen und warten. Ich hatte viel zu tun. Ich musste dieses neue Leben, die neue Schaffenskraft und die Hoffnung, die nicht allmählich gekeimt sondern über mich hereingebrochen war, benutzen, um für uns beide der bessere Mensch zu werden, der ich sein wollte und den sie verdiente.

Ich spürte, dass sie das von mir erwartete, anstatt dass ich in Trauer versänke und das Geschenk, das sie mir gemacht hatte, achtlos beiseite ließe. Laura sollte stolz auf mich sein, wenn sie wiederkäme, und stolz auch darauf, was sie an mir bewirkt hatte.
Ich schrieb meine Gedanken nieder, und als ich eben damit fertig geworden war und feststellte, dass schon wieder eine kleine Erzählung daraus geworden war, stand Laura vor mir.
"Da bin ich, Paul", sagte sie. "Und ich sehe, dass du schon wieder etwas Neues geschrieben hast!"
"Ja, das habe ich. Ich weiß nicht, wieso, aber... seit du... seit wir... ich kann wieder schreiben! Und nicht nur das - es fließt nur so aus mir heraus! Du bist meine Muse, weißt du das?"
"Ja, das weiß ich", sagte sie, und ich vermeinte eine Spur von Wehmut in ihrem Lächeln zu erkennen.
Wir liebten uns , als hätten wir Jahrzehnte darauf gewartet, zu einem zitternden Ganzen zu verschmelzen, einander endlich das zu geben, was das Schicksal uns vorenthalten hatte, und zum ersten Mal vergaß ich auf dem Gipfel der Lust alles, aber auch wirklich alles um mich her und in mir, und Tränen der vollkommenen Glückseligkeit perlten über meine Wangen.
Laura hielt mich fest und ich umklammerte sie, als könnte sie mich und ich sie davor bewahren, gehen zu müssen oder zurück zu bleiben.

Und draußen am sternenklaren Himmel war kein Mond zu sehen...

*

Epilog

Im Kindesalter fungierte ich gelegentlich als Stichwortgeber beim Rollenstudium meiner schauspielernden Mutter. Damals lernte ich Sappho kennen, deren Leben Franz Grillparzer, achtzig Jahre vor meiner Geburt verstorben, im Jahre 1818 in die zweite seiner frühesten Tragödien gekleidet hatte. "Sappho" gilt trotz der Entstehung im eher jugendlichen Alter des Dichters von 27 Jahren als eines seiner vollendetsten Werke

Grillparzer stellte die Liebe als die natürlichste, unvermeidlichste und edelste Leidenschaft dar, die ebenso unvermeidlich zur Tragödie führen musste, so auch im Falle Sapphos.

Tatsächlich ist über die Art des Todes der Dichterin, die etwa im siebten Jahrhundert v.Chr. auf der Insel Lesbos lebte, nichts bekannt; dass sie sich aus verschmähter Liebe von einem Felsen gestürzt haben soll, ist wahrscheinlich eine Erfindung aus späterer Zeit.

Sappho war die bedeutendste Lyrikerin der Antike. Ihre Götterhymnen und Lieder waren einst in neun Bänden gesammelt, die aber allesamt verloren gingen, sodass nur wenig aus dem reichen Schaffen auf Papyrusfetzen und

Ähnlichem die Zeiten bis heute überdauert hat.
Wie bedeutend Sappho war, lässt sich erahnen, wenn man weiß, dass Dichter wie Horaz, der sie sich gar zum Vorbild nahm, und Catull, der sie in seinen Werken zitierte, sie mehr als schätzten, obwohl beide etwa ein halbes Jahrtausend nach Sappho lebten.
Platon, der mit seinem Abstand von etwa zwei Jahrhunderten zeitmäßig wesentlich näher an ihr war, war von ihr so beeindruckt, dass er sie die "Zehnte Muse" nannte.
Die altgriechische Mythologie kennt "nur" neun Musen, aber woher wollen wir wissen, ob nicht vielleicht eine von insgesamt zehn in Vergessenheit geraten war?
Und wer war Laura?

Ein Hauch von Schwefel

In der Zeit vor Weihnachten sind die Kaffeehäuser besser besucht als sonst. Wer in der Hetzjagd nach Geschenken, von einem Geschäft, von einem Kaufhaus ins nächste, eine Pause benötigt, den Schweiß auf der Haut trocknen statt einfrieren lassen möchte, geht in ein Café, ein Bistro, ein Schnellrestaurant oder Ähnliches, und so fand ich mein Stammcafé eines Nachmittags so überfüllt vor, dass an einen Platz an der Theke nicht zu denken war. Ich ließ daher meinen Blick schweifen und sah, dass auch alle Plätze an den Tischen restlos besetzt waren, nur an einem kleinen Tisch in einer Ecke saß eine Frau ganz allein, und der Stuhl ihr gegenüber war leer.

Lange zu zögern, hätte vermutlich zur Folge gehabt, dass mir jemand zuvor käme, also steuerte ich diesen Tisch an und fragte:

"Verzeihen Sie, ist dieser Platz noch frei?"

"Ja, aber bitte..."

Sie unterstrich ihre Worte mit einer kleinen einladenden Handbewegung, und so schälte ich mich schnell aus meiner Winterjacke, hängte sie über die Sessellehne und setzte mich.

"So voll ist es hier selten", sagte ich. "Aber heute ist es direkt ein Wunder, dass ausgerechnet ein Stuhl noch frei ist, als wäre er für mich reserviert gewesen."

"Kein Wunder", sagte sie, und sie dehnte das Wort "Wunder" ein wenig, wobei sie, wie mir schien, einen Mundwinkel ein wenig verächtlich nach unten zog.
"Ich brauche nur zu sagen, dass ich auf jemanden warte, dann bleibe ich ungestört, und sei das Lokal noch so überfüllt."
"Soll ich... ich glaube, dort drüben wird gerade ein Platz frei", sagte ich und machte Anstalten, mich zu erheben.
"Ich habe nichts dergleichen gesagt, als Sie gefragt haben. Man wird denken, ich hätte auf Sie gewartet."
"Ja, richtig. Es kann ja niemand wissen, dass wir einander völlig fremd sind."
"Fremd waren. Ich heiße Lucy."
"Paul. Ich heiße Paul."
Sie streckte mir ihre Hand über dem Tisch entgegen und ich ergriff sie. Ich vermeinte ein leises Knistern zu hören und ein Kribbeln in den Fingern zu spüren, ehe wir einander berührten, und in ihren grünen Augen schienen für den Bruchteil einer Sekunde gelbe Sprenkel zu tanzen.
"Ich weiß, Paul. Du nennst dich Paul Schreiber und bist ein Schreiberling. Du bist voll von überschäumenden Gefühlen, die du in Worte kleidest und zu Papier bringst. Du badest in Selbstmitleid wie in Eselsmilch - einfach ekelhaft..."
Ich saß da wie erstarrt.
Sie hatte in belanglosem Plauderton gesprochen, und sie hielt noch immer meine Hand. Woher kannte sie mich? Und wie konnte sie sich anmaßen, so mit mir zu reden?

Ich war wütend. Und ich spürte, dass ich eine Erektion bekam.

War ich deshalb wütend?

Oder bekam ich eine Erektion, weil ich wütend war?

Oder weil mich diese Frau, die nicht nur unverschämt, sondern vor allem unverschämt attraktiv war, erregte?

Ich sah wieder diese gelben Sprenkel in ihren Augen, und als sie verloschen, ließ sie meine Hand los.

"Keine Fragen?"

Ich räusperte mich.

"Nein. Ich... woher..."

Sie lachte. Nicht glockenhell, sondern dunkel und leise, und ihre Augen lachten nicht mit.

"Ich will dich nicht lange auf die Folter spannen. Ich weiß alles über dich. Und ich bin deinetwegen hier."

"Meinetwegen", sagte ich und kam mir einigermaßen blöd vor.

"Ja. Du hast Talent. Du kannst etwas, aber... wo ist dein Egoismus? Wo dein Zynismus? Wo deine Überheblichkeit? Allesamt sehr gute und wichtige Eigenschaften! Ich sehe sie nicht mehr, und das gefällt mir gar nicht. Du bist weich und kraftlos geworden, sanft, tolerant, ein Frauenversteher... ha ha... manche denken sogar, du könntest schwul sein... einfach ekelhaft!"

Meine Erektion meldete sich spürbar...

Am liebsten hätte ich mich umgedreht um zu sehen, ob nicht alle im Lokal zu uns herüber sahen, aber ich

unterließ es. Gesagt war gesagt, daran konnte ich nichts ändern.
"Also, schwul bin ich sicher nicht", sagte ich leise, weil mir das der wichtigste Punkt für einen Widerspruch schien.
"Dann fick mich!"
Sie sagte es ohne hörbare Veränderung der Tonlage oder des Ausdrucks in ihrer Stimme, doch ich wusste, dass sie meinte, was sie sagte.
Okay, es war ein Traum. Jetzt wusste ich Bescheid. Und es war ein wirklich interessanter Traum, also hatte ich nichts dagegen einzuwenden, dass er weiter ginge...
"Wann und wo?" fragte ich deshalb.
"Jetzt. Und hier."
Sie wusste, wie sie mich auch jetzt noch überraschen konnte...
"Vor allen Leuten? In meinem Stammlokal?"
Sie begann ihre Bluse aufzuknöpfen, stand dabei auf, und das ganze Lokal musste sehen, wie sie ihre prachtvollen Brüste entblößte, aber das schien sie nicht im geringsten zu stören.
"Lucy..."
Sie kam um den Tisch herum zu mir her, nahm mich an den Händen und ich stand nun ebenfalls auf, ohne es zu wollen - oder wollte ich es doch?
Sie ließ meine Hände los, als ich dicht vor ihr stand, und dann griff sie in meinen Schritt, nicht vorsichtig, zögernd, sondern fest und fordernd.

"Du bist ein kleiner Teufel", sagte ich.
"Korrekt. Ich bin der Teufel", sagte sie und öffnete meinen Gürtel.
Es war so still im Lokal geworden, dass ich das Geräusch des Reißverschlusses meiner Hose so laut wie das Herunterlassen eines altmodischen Rollladens vor einem Schaufenster hörte, und aus den Augenwinkeln sah ich, dass die Gäste des Lokals in meinem Blickfeld starr wie Statuen saßen, hier eine ältere Dame mit einem Stück Sachertorte auf die Gabel gespießt, den Mund halb geöffnet in Erwartung des leckeren Bissens, dort ein Mann, den ich vom Sehen kannte, der sein Bierglas angesetzt hatte, um zu trinken, und die goldgelbe Flüssigkeit sah aus, als hätte sie im Fluss in seine Kehle gestockt, wie in Sekundenschnelle zu Bernstein erstarrt.
Der Traum war absolut absurd, aber ungemein spannend, und während ich Lucy an den Hüften hochhob und auf die Platte des kleinen runden Tisches setzte, hoffte ich inständig, dass ich nicht gerade in diesem Moment aufwachen würde.
Ich schob ihren Rock hoch, sie zog mich zwischen ihre Schenkel, und als mich die tropische Hitze ihres Leibes umfing, erlosch jeglicher Gedanke in meinem Gehirn bis auf einen: genau so soll es sein, bis zu dem Moment, da ich sterbe...
Es gab keine Zeit, keinen Raum - nur diese unglaubliche Lust und ihre Befriedigung.

Irgendwann - kann man überhaupt 'irgendwann' sagen, wenn es keine Zeit gibt? - stand ich mit weichen Knien und offener Hose da; sie glitt von der Tischkante, bückte sich, um ihre Bluse vom Boden aufzuheben, dann sah sie mich an.
"Ich kann die Zeit nicht ewig anhalten. Zieh dich anständig an und setz dich!"
Sie schlüpfte in die Bluse, knöpfte sie zu, dann setzte sie sich genau da hin, wo sie vorher gesessen hatte, und ich beeilte mich, meine Garderobe in Ordnung zu bringen.
Auch wenn dies nur ein Traum war, war es besser, nichts zu riskieren.
Noch immer war es totenstill im Lokal, doch kaum hatte ich mich wieder auf den Stuhl gegenüber von Lucy gesetzt, brandete beinahe unerträglicher Lärm an meine Ohren, und ich brauchte ein paar Sekunden um zu begreifen, dass dies die normalen Geräusche waren, die hier immer zu hören waren: das Klirren von Gläsern, das Brummen der Kaffeemaschine, Gespräche hier und dort...
Der flüchtige Bekannte wischte mit dem Handrücken über den Mund und stellte sein leeres Glas auf den Tisch zurück, und die ältere Dame kaute an ihrem Stück Torte. Alles war völlig normal, bloß wusste ich nicht, ob dies jetzt noch mein Traum oder schon wieder die Wirklichkeit war.
"Kein Traum, Paul", sagte Lucy. "Nichts war ein Traum. Auch nicht das, was geschah, während die Zeit für alle außer uns still stand."

"Du bist also... der Teufel?" fragte ich leise. Sie nickte.
"Ich bin es, ja. Sag nichts... ich weiß... ich habe angeblich Hörner, einen Schweif, Bocksbeine..."
Sie lachte leise.
"Und selbstverständlich bin ich männlich."
"Das würde ich nun nicht gerade behaupten", wagte ich eine Bemerkung.
Sie quittierte sie mit einem Lächeln, das, wie ich meinte, diesmal auch ihre Augen erreichte.
Dann beugte sie sich ein wenig über den Tisch zu mir und strich mit den Fingern der rechten Hand über meinen linken Handrücken. Wieder hörte ich das leise Knistern und fühlte ein Kribbeln...
"Ich bin gekommen, um dir deine Flausen auszutreiben. Du solltest dich wieder dessen besinnen, was du früher warst, als ich mich noch nicht über dich ärgern musste. Ich wollte, dass deine Seele wieder mir gehört... wie damals."
Ich hielt den Atem an. Was würde wohl als nächstes kommen?
"Nein, mein Lieber, mach dir keine Hoffnungen - du hast den Teufel gefickt... dafür wirst du an meine Tür klopfen müssen, wenn die Zeit reif ist... aber bis dahin..."
Sie beugte sich noch weiter über den Tisch, küsste mich auf den Mund, dann vollendete sie ihren Satz im Aufstehen.
"... aber bis dahin tu was du willst. Und bilde dir ja nicht ein, dass ich etwa von dir beeindruckt wäre!"

Sie ging an mir vorbei, und ich konnte nicht anders - ich drehte mich um und sah ihr nach. Und ich sah, dass sie sich in Nichts auflöste, noch ehe sie den Ausgang erreicht hatte.
Und ich roch einen Hauch von Schwefel...

Das Praemortalium

Größere Menschenansammlungen waren mir immer schon zuwider gewesen, und auch diesmal fühlte ich mich äußerst unbehaglich, als ich wie ein Tropfen im Rinnsal inmitten einer unübersehbaren Menge den langen Gang entlang trieb.
Es gab kein Hasten, kein Drängeln, eher ein ruhiges aber zielstrebiges Schreiten, nicht im Gleichschritt, dennoch mit gleich bleibendem Abstand von einem zum anderen.
Der Gang mündete in eine Halle, wo sich der Strom mehrfach teilte, und ohne darüber nachzudenken fand ich mich im äußerst rechten Arm wieder.
Die Tür eines gläsernen Aufzugs öffnete sich und ließ mich mit einigen meiner Mitschwimmer ein, und als sich die Tür hinter uns geschlossen hatte, glitt der Aufzug geräuschlos nach oben.
Die Fahrt war schnell und ging hoch hinauf, wie mir schien, und ohne zu wissen, wo ich war, fühlte ich doch, dass ich am Ziel angelangt war, als ich beim ersten Halt den Aufzug verließ und an das Empfangspult trat, das sich dem Ausstieg gegenüber befand.
"Ja, bitte..."
Es klang fragend.
"Ich werde erwartet", sagte ich mit fester Stimme.
"Es tut mir leid, aber ich kann deine Reservierung nicht

finden", sagte die hübsche Blondine und tippte auf einer Tastatur herum, sah auf den Flachbildschirm, tippte wieder...

"Nein, da ist nichts", stellte sie schließlich fest und sah mir in die Augen.

Ich hielt ihrem Blick stand. Sie hatte wunderschöne blaue Augen...

"Sehen Sie bitte noch einmal genau nach!"

"Das habe ich bereits getan - die Reservierung ist für das Jahr 2042 eingetragen... und jetzt haben wir 2007."

Nun wurde ich doch etwas unsicher...

"Ich bin aber doch hier...", sagte ich trotzig.

Sie lachte, dass ihre Zähne nur so blitzten, und ich fand die Grübchen an ihren Wangen sehr süß.

"Du siehst zwar nicht so aus, aber...", sagte sie dann und tippte wieder auf der Tastatur.

Ich unterdrückte die Frage, wie ich nicht aussähe.

"Heureka!" rief sie plötzlich.

"Also doch gefunden", stellte ich erleichtert fest.

"Ja, aber... in einer anderen Abteilung!"

"Abteilung? Sie meinen bestimmt eine Dependance?"

Sie lachte wieder.

"So kann man es auch nennen!"

Sie drückte eine Taste, aus einem Drucker kam ein Blatt Papier und sie reichte es mir.

"Melde dich dort - dein Kommen ist avisiert! Vielleicht sehen wir einander später noch!"

Ich brauchte eigenartigerweise gar nicht erst auf das Blatt zu sehen um zu wissen, wohin ich gehen musste. Mit der Erinnerung an das helle Lachen, die blitzenden Zähne und die neckischen Grübchen trat ich durch eine Tür mit der Aufschrift: Praemortalium.

*

"Paul - da bist du ja!"
Ein großer dunkelhaariger Mann in einem weißen Anzug stand von seinem Platz hinter einem nobel wirkenden Schreibtisch auf und kam auf mich zu, als wollte er mich umarmen.
"Ja... ähm... die Dame am Empfang konnte meine Reservierung nicht finden", sagte ich.
Er stand vor mir, drückte meine Rechte mit beiden Händen, dann schob er mich zum Besucherstuhl diesseits des Schreibtisches und ich setzte mich.
"Ein bedauerlicher Fehler", sagte er, während er sich ebenfalls setzte. "Das kommt hin und wieder vor - wir arbeiten noch mit der Betaversion einer neuen Software."
"Ach, das macht doch nichts", sagte ich. Auf dem Tisch befand sich ein Namensschild. Darauf stand schlicht: Gabriel.
"Du bist fünfunddreißig Jahre zu früh gekommen", wechselte er das Thema abrupt.
"Doch so viel...?"

Er nickte.
"Deshalb wird es von unserer Unterhaltung abhängen, wo wir dich unterbringen werden - hier oder..."
Er zeigte mit dem Daumen nach unten. Mich fröstelte, obwohl angesichts der zweiten Option ein Schweißausbruch passender gewesen wäre, wie mir plötzlich bewusst wurde.
"Nun erzähle, warum du zu früh gekommen bist", forderte er mich auf, und sein Ton war durchaus freundlich.
"Ich... nun ja... es... ich fand, es wäre an der Zeit", sagte ich und wusste, dass ihm das nicht genügen würde.
"Warum fandest du das?"
"Das ist wohl meine Sache."
"Ist dies dein letztes Wort?"
Hoppla! So ging das wohl nicht, wenn ich nicht den Aufzug ganz nach unten besteigen wollte...
"Nein, selbstverständlich nicht! Ich meine... es hat mir eben gereicht!"
"Was hat dir gereicht?"
Gabriel war ziemlich hartnäckig.
"Ich dachte, ihr seid allwissend hier oben."
"Deine Firma machte Pleite", gab er eine Kostprobe seiner Allwissenheit zum Besten.
Ich nickte.
"Du warst unglücklich verliebt."
Ich nickte wieder.
"Was meinst du, wie vielen Menschen es ergeht wie dir?

Und wie hoch der Anteil derer ist, die hier bei mir landen?"
"Ich habe keine Ahnung."
Hatte ich wirklich nicht...
"Ein halbes Prozent", sagte er und sah mich streng an.
"Bei den anderen ist es wohl nicht so schlimm", sagte ich, "sonst wären sie auch hier."
"Also war es bei dir schlimmer?"
"Und ob!"
"Was war denn in deinem Fall schlimmer?"
"Nun, dass... ich wusste einfach nicht mehr weiter!"
"Floskeln", sagte Gabriel milde. "Die habe ich schon tausende Male gehört..."
"Es war aber genau so", bestand ich auf meiner Version.
"Ich konnte nicht mehr..."
"Du kannst arbeiten", sagte Gabriel, "und wenn es nicht deine eigene Firma ist, dann eben anderswo."
"Ja, schon... aber es war ja nicht nur das..."
"Ich weiß schon, aber auch das war für dich nichts Neues - du hattest..."
Er wischte mit den Fingern über die Schreibtischplatte, sah auf seinen Bildschirm.
"... ähnliche Situationen schon einige Male recht gut überstanden."
"Ähnliche Situationen? Recht gut überstanden? Ich war unten, oben, wieder unten, wieder oben - und jetzt war es endgültig genug!"
"Wir wollen doch nicht laut werden", mahnte er und blickte

nach unten. Ich verstand den Wink...
"Es geht immer wieder nach oben", sagte er, als er meine betretene Miene sah.
"Ja, aber - die Frage ist nur, wie tief man zuvor unten ist..."
"Manchmal muss man ganz nach unten, um wieder nach oben zu kommen", sagte er.
Wieder der Blick nach unten...
"Bei mir war es jedenfalls so weit", sagte ich, "und ich hatte keine Hoffnung mehr..."
"Ich sehe schon - du bist eine harte Nuss."
Gabriel wischte wieder über die Tischplatte. An der linken Seite des Raumes öffnete sich eine Tür, die ich bisher noch nicht bemerkt hatte.
"Wir setzen unsere Unterhaltung morgen fort - bis dahin ruhe dich aus!"
Ich erhob mich und schritt auf die Tür zu. Ich drehte mich um, doch Gabriel war verschwunden.

*

Das Zimmer war nicht groß, aber hell und freundlich, und das Bett lud zu einem Schläfchen ein. Ich legte mich probeweise hin und war nicht sehr überrascht, als im selben Moment das Licht ausging. Ich entspannte mich und glitt mühelos in wohligen Schlummer.
"Du warst meine erste Liebe, aber du warst ein Arschloch!"

Ich fuhr hoch.
Sie stand in bläulichem Dämmerlicht neben meinem Bett und sah aus wie damals.
"Wir waren doch noch Kinder", sagte ich schlaftrunken.
"Es ist keine Frage des Alters, sondern des Charakters", entgegnete sie, "und du warst ein Charakterschwein!"
Sie sah mich - ganz im Gegensatz zu ihren Worten - lächelnd an. Dann verblasste ihre Gestalt und an ihrer statt stand auf einmal ein junger Mann vor mir.
"Ich habe dich gesucht, weil ich dich kennen lernen wollte - aber du wohntest nicht mehr an der Adresse, die ich herausgefunden hatte."
"Ich... bin oft umgezogen", sagte ich.
"Dafür hat das Geld wohl gereicht", meinte er, "aber für mein Pfadfinderlager hattest du keines!"
"Das ist wahr... ich..."
"Ich habe nie ein Geburtstagsgeschenk von dir bekommen."
Es war eine Anklage, die wie ein beiläufiges "danke, es geht" klang.
Ehe ich mich verteidigen konnte, verblasste mein Sohn und zwei Mädchen erschienen an seiner Stelle.
Ich erkannte beide sofort wieder...
"Ich war verrückt nach dir", sagte die Blonde, "aber du wolltest es ja unbedingt noch einmal mit deiner Frau versuchen!"
"Dränge dich nicht vor - ich war zwei Jahre vor dir dran",

sagte die Schwarzhaarige mit den goldenen Kreolen.
"Es... tut mir ja so leid... ich wollte ja ein anderes Leben!"
"Du hattest die Möglichkeit, aber du hast dich für das alte entschieden", sagten sie unisono, als hätten sie es einstudiert.
"Es war ein Fehler", gestand ich ein.
"Zwei Fehler", verbesserte mich die Blonde.
"Zweimal der gleiche Fehler", brachte es die Schwarzhaarige auf den Punkt.
Darauf wusste ich keine Antwort mehr...
Sie hätten sie wohl auch nicht mehr gehört, denn sie verblassten und eine Brünette erschien, die einfach umwerfend aussah.
"Wer... bist du?" fragte ich.
"Du kennst mich nicht mehr? Nun, das überrascht mich nicht sehr - du hast mich schon damals nicht wirklich gekannt."
"Damals?"
Ich forschte in den Tiefen meines Gedächtnisses und wurde fündig. Sie hatte sich wirklich enorm verändert...
"Ja, damals... ich war ja so stolz darauf, dass du mit mir geredet, mit mir herumgealbert hast - aber du sagtest immer, ich wäre so etwas wie deine kleine Schwester..."
"Ja, ich kann mich erinnern... ich mochte dich sehr!"
"Und ich habe dich geliebt - du hättest von mir alles haben können."
"Ich hatte keine Ahnung... "

"Ja, das musste ich auch erkennen!"
Allmählich wurde es langweilig, zuzusehen, wie sie alle verblassten, aber ich war gespannt, wer als nächstes erscheinen würde.
"Künstler, Popstar, aber kein Geld für nichts, du Totalversager!"
"Ach verschwinde doch!"
Das langmähnige Model löste sich so schnell in nichts auf, wie es aufgetaucht war.
Die Gestalt, die ihr nachfolgte, war eine Überraschung für mich.
"Du? Ich dachte, du wärst in Griechenland!"
"Ja, und... du verstehst doch bestimmt, dass ich gehen musste."
"Ich habe gelitten wie ein Hund", sagte ich und spürte einen dumpfen Druck auf meiner Brust. "Aber ich verstehe es."
"Es wäre nicht gut gegangen mit uns", sagte sie.
"Ich weiß, aber ich wollte es nicht wissen..."
"Deshalb musste ich für uns beide entscheiden!"
Und weg war sie...
Ich hatte mich schon auf weitere Gäste eingestellt, doch es kamen keine mehr.
"Der Reisende Paul Müller wird gebeten, sich im Zimmer Gabriel einzufinden!"
Die Stimme klang wie eine Durchsage auf einem Flughafen, und dazu passte, dass der Aufruf in englischer

Sprache wiederholt wurde.
Nun denn - es musste wohl sein...

*

Gabriel blickte kaum von seinem Bildschirm auf und deutete kurz mit einer Hand auf den Besucherstuhl. Ich setzte mich und wartete.
"Viel Positives wussten deine Kontaktpersonen nicht zu sagen", meinte er nach einer Weile.
"Ja eben - genau das ist das Problem", sagte ich.
"Aber wenn ich es richtig sehe, liegen all diese Dinge weit zurück - aber aus jüngerer Vergangenheit ist niemand erschienen..."
"Ja, das ist mir auch aufgefallen", sagte ich. Worauf wollte er wohl hinaus?
"Es scheint mir, dass seit einiger Zeit niemand mehr Grund zur Klage hat - obwohl ich hier noch einige weitere Kontaktpersonen sehe."
"Nun ja - sie wissen vermutlich nicht, dass ich hier bin", sagte ich.
Er überging meinen Einwand.
"Ich habe hier keine Beschwerden verzeichnet - aber auch keine positiven Aussagen. Es muss an der Software liegen!"
"Es liegt eher daran, dass ich für sie nicht so wichtig war - ich hatte jedenfalls mehr und mehr den Eindruck. Ich war

zwar da, aber entbehrlich..."
"Niemand ist entbehrlich. Jeder hat seinen Platz, seine Bestimmung, seine Aufgabe...", wies er mich zurecht.
"Dann waren es eben mein Platz, meine Bestimmung und meine Aufgabe, die mich dazu getrieben haben! Wer kann schon mit so etwas leben ohne zu verzweifeln?"
"Was war denn 'so etwas'?"
"Sieh doch auf deinem dämlichen Bildschirm nach!"
"Wir wollen doch nicht schon wieder laut werden!", mahnte er. "Ja, entschuldige", sagte ich kleinlaut. "Aber das hatten wir doch schon gestern!"
"Ich habe hier nur sehr oberflächliche Informationen... die Software..."
Ich war gestern in friedlicher Stimmung hier angekommen, war dann mit Gespenstern aus meiner Vergangenheit konfrontiert worden - und in gewisser Weise waren sie mit die Ursache, weshalb ich hier war -, und nun wollte dieser Psychofritze mich ausquetschen.
Ich begann die Geduld zu verlieren...
"Ich denke, es reicht schon - ich habe Gründe genug hier zu sein. So viel wissen wir doch bereits..."
"Du hast ein Problem mit deiner jüngsten Vergangenheit", stellte er fest.
"Ja sicher! Sonst wäre ich doch nicht hier!"
Ich schrie es.
"Dann ergänze bitte meine Informationen - für die Datenbank..."

"Ich scheiße auf die Datenbank! Was interessieren mich deine Informationen? Ich will von all dem nichts mehr hören, nichts mehr wissen!"
Ich sprang auf, stützte mich auf den Schreibtisch und starrte Gabriel aus nächster Nähe ins Gesicht. Er regte sich kaum.
"Deine Erregung bestätigt meine Behauptung von vorhin", sagte er ruhig.
Mir platzte der Kragen...
"Alles lief schief! Alle haben mich angeschissen - von oben bis unten! Und warum? Weil ich ein Arsch bin, ein Versager, eine Niete, ein Niemand - einfach überflüssig auf dieser Welt!"
Er tippte auf seinen Bildschirm.
"Niemand hört mir zu! Niemand interessiert sich für mich! Ich hab's einfach satt, der Fußabstreifer für euch zu sein! Und wenn ich jetzt nach unten muss, soll es mir auch Recht sein!"
Ich drehte mich um und konnte eben noch den Händen ausweichen, die nach mir griffen.
Ich rannte zwischen zwei großen, kräftig aussehenden Burschen in grünen Anzügen durch auf die geöffnete Tür zu und sie hinter mir her.
Ich hastete einen langen Gang entlang, in die Richtung, in der ich den Aufzug vermutete, und hinter mir hallten die Schritte meiner Verfolger.
"Schneller - wir dürfen ihn nicht verlieren!" hörte ich.

"Ich tu, was ich kann", keuchte der andere.
Ich wandte mich um, doch das war ein Fehler. Ich stolperte, schlug lang hin, und dann waren sie über mir...
Ich konnte mich sträuben so viel ich wollte - sie drehten mich auf den Rücken, rissen mein Hemd auf und dann kam eine Hand mit einem Elektroschocker auf mich zu...

*

Ich lauschte dem Summen und dem gleichmäßigen Piepton für eine Weile mit geschlossenen Augen.
Dies war also der Ort, den die meisten fürchteten, den sie Hades, Hölle, Unterwelt oder wie auch immer nannten, wo die einen das Fegefeuer, die anderen die ewige Mühsal immer wiederkehrender und unerfüllbarer Aufgaben oder sonstige Qualen vorzufinden erwarteten.
Ich hatte Angst, aber ich verspürte zugleich eine leise Vorfreude auf das, was ich sehen würde, so bald ich die Augen öffnete.
Wie viele Lebende hätten alles dafür gegeben, das noch zu ihren Lebzeiten sehen und davon berichten zu können...
Noch schien alles still und friedlich zu sein, so still, dass ich bemerkte, dass ich meinen eigenen Atem hören konnte, der im gleichen Takt mit dem Piepton schwang.
"Er ist aufgewacht", sagte eine weibliche Stimme.
"Ja. Er hat es wohl geschafft! Passen Sie gut auf ihn auf!" Das war eine männliche Stimme.

"Tu ich doch immer!"
Ich hörte Schritte, dann das Geräusch einer sich öffnenden und sich wieder schließenden Tür.
Ich öffnete die Augen.
"Na, wie geht es uns?" fragte die Frau, die am Fußende des Bettes stand, in dem ich lag. Sie trug ein kleines Häubchen auf dem hochgesteckten Haar und sah sehr besorgt drein.
"Sehr gut", sagte ich ohne nachzudenken. Es kam viel langsamer über meine Lippen als ich die Worte dachte...
"Es ist auch alles gut verlaufen - bis auf eine Kleinigkeit... aber machen Sie sich darüber keine Gedanken! Ruhen Sie sich aus...!"
"Was ist gut verlaufen?"
Der Satz war gar nicht einfach zu artikulieren...
"Die Operation natürlich", sagte sie.
Operation? Was für eine Operation?
"Wo... bin ich denn hier?"
"Im Aufwachraum - wo denn sonst?"
"Ach ja..."
Das letzte, woran ich mich erinnern konnte, war der Elektroschocker, der auf meine Brust zielte. Man hatte wohl, als ich bewusstlos war, irgend eine Operation an mir vorgenommen...
"Was für eine... Operation?"
Nun machte ich mir doch Sorgen.
"Ihre Blasendivertikel - schon vergessen?"

"Ich... und was meinten Sie mit 'bis auf eine Kleinigkeit'?"
"Ich dürfte Ihnen das jetzt nicht sagen, aber... wenn Sie versprechen, es für sich zu behalten..."
"Ich verspreche es."
Sie kam an die Seite des Bettes und beugte sich ein wenig über mich, dann sagte sie leise:
"Sie hatten einen Herzstillstand, als die OP schon zu Ende war... aber es hat nur Sekunden gedauert..."
"Nur Sekunden...", flüsterte ich. In ihren Augen sah ich mein Spiegelbild...
"Nur Sekunden."

Der Schatten

Georg vermochte nicht, sich daran zu erinnern, wann er den Schatten zum ersten Mal bemerkt hatte. Er war einfach da gewesen, und irgendwann war seine Existenz in Georgs Bewusstsein gedrungen wie einem Kind das Vorhandensein der Nase.

Es war nicht der ganz alltägliche Schatten, den jeder Gegenstand, jeder Körper gegenüber einer Lichtquelle warf, der ihn beunruhigte, sondern ein zweiter, der sich gleichmäßig um ihn herum auf alles Umgebende projizierte, stets mit den gleichen, ein wenig verschwommenen Konturen, wie weit entfernt oder wie nah die Projektionsfläche auch sein mochte.

Anfangs dachte Georg, dass das Licht der Schreibtischlampe von den Wänden seines Arbeitszimmers reflektiert würde und so diesen zusätzlichen, blassen Schatten hervor rief.

Dann fiel ihm der Schatten auch bei Tageslicht auf, und als er in die Küche ging, um ein Glas Wasser zu trinken, begleitete ihn der Schatten, jede seiner Bewegungen zeitgleich imitierend, selbst als er das Glas mit Wasser füllte und dann an den Mund führte. Er konnte das unscharfe Abbild seines Armes und der Hand in der Spüle sehen, aber keine Spur eines Schattens des gefüllten Glases.

Wie sollte auch ein durchsichtiges Glas, mit klarem Wasser gefüllt, einen Schatten werfen, dachte er und ging über die Sache hinweg.
Als er wieder an seinem Schreibtisch saß und in Gedanken versunken seinen Bleistift zwischen den Fingern drehte, bemerkte er den Schatten des Stifts, der auf der leeren Schreibunterlage tanzte. Er war sehr dunkel, beinahe schwarz und hatte scharfe Konturen, und er wies nach links, da die Lampe rechts hing. Der Schatten seines Armes und der Hand, die den Stift hielt, war eins mit dem des Stifts, aber da war noch dieser zweite Schatten, der deutlich heller als der erste und direkt unter Arm und Hand auf der Schreibunterlage lag, allerdings ohne Abbild des Stifts.
Georg bewegte seine Hand spielerisch hin und her, beobachtete und verglich die beiden Schatten, hob die Hand, senkte sie wieder, und während sich dabei der Schatten, der vom Licht der Lampe hervorgerufen wurde, deutlich veränderte, blieb der andere, dessen Herkunft Georg nun endlich ergründen wollte, stets gleich in Richtung und Unschärfe.
Georg schaltete die Schreibtischlampe aus und die Deckenlampe an. Dann setzte er sich wieder an den Schreibtisch und wiederholte das Experiment. Das Licht kam hauptsächlich von oben, aber die Reflexionen von den Wänden des Raumes waren stärker, und so war auch der Schatten blasser und viel schwächer in der Kontur, doch

noch immer blieb genau unter Arm und Hand der zweite Schatten, der gegenüber dem ersten jetzt sogar deutlicher und schärfer wirkte.
Georg seufzte.
Er fühlte sich müde und er hatte leichte Kopfschmerzen, also beschloss er zu Bett zu gehen. Was sollte denn dieses alberne Getue um einen Schatten, der wohl der Überanstrengung seiner Augen zuzuschreiben war...

*

Georg ließ die Haustür ins Schloss fallen und wandte sich nach links, wie er es jeden Tag tat, an dem er in seinen Laden musste.
Die tief stehende Sonne blendete ihn für einen Augenblick und er senkte den Kopf. Dies war der Augenblick, in dem er vor sich auf dem Asphalt des Gehsteigs den Schatten sah. Das konnte nicht sein! Die Sonne schien von vorn; wie konnte da sein Schatten nach vorn weisen?
Er drehte sich um, und da war der gewohnte, lang gestreckte Schatten, den seine Gestalt warf, doch als er sich wieder der Sonne zu wandte, war vor ihm dieser andere Schatten, kurz und gedrungen, ein wenig verschwommen, aber deutlich erkennbar...
Ich habe also doch nicht geträumt, dachte er, oder träume ich noch immer?
Er zwang sich dazu, nicht mehr nach unten zu blicken,

sondern geradeaus nach vorn, und er atmete auf, als er das grelle Tageslicht gegen die matte Helligkeit der U-Bahn-Station eintauschen konnte.
Die Erleichterung war nur von kurzer Dauer, denn mit Entsetzen bemerkte er, dass die gewohnten vielfältigen Schatten der übrigen wartenden Fahrgäste blass, kaum wahrnehmbar waren, doch sein Schatten war jetzt schwarz, kräftig, und bildete einen scharfen Kontrast zu dem hellen Boden und den weißen Wänden.
Georg blickte unauffällig um sich. Niemand schien von ihm Notiz zu nehmen, niemand schien zu merken, dass sich mitten unter ihnen jemand befand, der anders war als sie, der von etwas Unheimlichen begleitet wurde...
Er brachte die kurze Fahrt hinter sich und eilte dann mitsamt seinen zwei Schatten die Straße entlang, sperrte die Tür seines Ladens auf und machte die Beleuchtung an.
Er zog sich hinter das Verkaufspult zurück und registrierte beinahe erfreut, dass der Zweitschatten nun wieder blass und vergleichsweise unauffällig war.
Sein Geschäft ging zur Zeit nicht besonders gut und er hatte reichlich Zeit zu lesen oder zu denken, und um sich abzulenken nahm er den Staubwedel zur Hand und begann all die kleinen Vasen, Uhren, Bilder und Tischchen abzustauben, die auf Käufer warteten, zum Teil schon seit Monaten oder gar Jahren. Es waren keine wirklichen Antiquitäten, eher altes Zeugs, das sich auf einem Flohmarkt besser verkauft hätte, aber um sich tatsächlich

auf einen Flohmarkt zu stellen, hätte er sich eingestehen müssen, dass er mit seinem Laden gescheitert war, und das konnte und wollte er nicht.

Wurde der Schatten deutlicher oder bildete er sich das ein? Er machte ein paar Bewegungen mit der Hand, die den Staubwedel führte und beobachtete den Schatten. Tatsächlich verdunkelte er die kleine Standuhr fast völlig, über die er sich gelegt hatte, wogegen die kleine Kristallvase gleich daneben funkelte und blitzte und kleine rote und blaue Punkte auf das weiße Tuch darunter streute.

Georg führte nun den Staubwedel über die Vase und beobachtete, wie sich das Kristallglas verdunkelte und die Sprenkel gebrochenen Lichts verschwanden, und mit einem prüfenden Blick vergewisserte er sich dessen, dass das Licht des Spots von vorn kam und die Vase von dem Staubwedel gar nicht verdunkelt werden konnte, wenn alles mit rechten Dingen zuging. Er legte den Staubwedel beiseite und hielt die bloße Hand über die Vase, dann über die Standuhr, dann über ein paar kaiserliche Orden, die daneben aufgereiht lagen - immer mit dem selben Effekt.

Was immer es ist - ich werde wohl damit leben müssen, dachte er und setzte sich hinter die Ladentheke, den Blick durch das Schaufenster nach draußen gerichtet, wo Menschen mit ganz normalen Schatten vorüber gingen.

*

Der Schatten wuchs.
Er erstreckte sich mittlerweile auf jeden Gegenstand, den er berührte, und umgab ihn selbst wie eine graue bis schwarze Käseglocke, denn auch die Luft um ihn herum begann das Licht zu verschlucken.
Er bemerkte es, als er sein Spiegelbild nur noch verschleiert sehen konnte und ausgiebiges Putzen des Spiegels nicht half, sondern die Sache nur noch schlimmer machte, da Hand und Putztuch den Spiegel beinahe völlig verdunkelten und dieser Zustand auch noch anhielt, als er einen Schritt zurück trat.
Georg war bereit gewesen, sich mit einem kleinen blassen Schatten abzufinden, aber dies ging ihm nun doch zu weit.
Ich brauche einen Arzt, dachte er und rannte beinahe gegen die geschlossene Tür, die unmittelbar vor ihm auftauchte. Er schaffte die Treppe nach unten ohne zu stolpern, doch, endlich im Freien, stieß eine Frau mit der Handtasche gegen ihn, und während er auszuweichen versuchte, rammte ihn der Aktenkoffer eines Mannes, der sich keineswegs bei ihm entschuldigte, sondern den Aktenkoffer mit einem verwunderten Blick betrachtete, nicht wissend, wogegen er gestoßen sein könnte...
Georg war überzeugt davon, dass mit seinen Augen etwas nicht stimmte. Er konnte die Umgebung kaum noch erkennen, und bis zur nächsten Ecke hielt er sich dicht an den Häuserwänden, um die Orientierung nicht zu verlieren.
Er musste nur noch eine Nebenstraße überqueren, um die

Ordination seines Hausarztes zu erreichen...
Er sah den kleinen Lieferwagen nicht, der auf ihn zukam, und dessen Fahrer sah Georg nicht, aber er hörte und spürte den dumpfen Aufprall und trat auf die Bremse.
Der Wagen hielt an und der Fahrer sprang heraus. Er traute seinen Augen kaum, denn der vordere Teil seines Wagens war einfach nicht mehr da. Vor der Frontscheibe war absolut nichts, nur ein beinahe kreisrunder schwarzer Fleck von etwa drei Metern Durchmesser.
Am Straßenrand sammelte sich schnell eine Menge von Gaffern an, die ungläubig auf den Lieferwagen ohne Motorhaube und Vorderräder starrten, und ein Raunen ertönte, als am Rand des schwarzen Flecks auf der Straße zwei kleine Bäche sichtbar wurden, ein blassgrüner und ein dunkelroter, die sich über den Asphalt zum Fahrbahnrand hin schlängelten und sich im Rinnstein zu einem gemeinsamen Flüsschen vereinigten.
Die Sirene eines Polizeiwagens näherte sich rasch, doch noch ehe das Fahrzeug den Schauplatz des erstaunlichen Vorfalls erreichte, versiegte das rote Bächlein, und als es zum Stillstand gekommen war, tauchte allmählich der vordere Teil des Lieferwagens wieder auf. Die Gaffer murmelten lauter, und dann ging ein Aufschrei durch die Menge, denn jetzt wurde der Mann sichtbar, der gekrümmt über der Motorhaube des Lieferwagens lag und dessen Kopf offensichtlich die Quelle des roten, nun schon langsam eintrocknenden Bächleins war.

Ein Kind begann zu weinen und eine ältere Frau fiel in Ohnmacht, und der Fahrer des Lieferwagens drehte sich zu den Zeugen des Vorfalls und rief 'Er war nicht da! Er war nicht da!', bis ihn zwei Polizisten mit sanfter Gewalt zu ihrem Einsatzfahrzeug brachten...

Die Weissagung

Das letzte Zipfelchen der blassrosa Sonnenscheibe verschwand hinter den Hügeln am Stadtrand, und das düstere Grau des Abends wich der Schwärze der Nacht. Der November neigte sich seinem Ende zu, und es war bitter kalt.

Wie mächtige Bergstöcke ragten die dunklen Silhouetten der Wohnblocks auf, da und dort ein Lichtschein in einem der Fenster, wie Laternen spät heimkehrender Wanderer, funkelnd, zitternd.

Im Talkessel, den diese Berge säumten, lag die dunkle Rasenfläche des Kinderspielplatzes, mit einem kleinen Hügel an dem einen, einer Schaukel und einem Klettergerüst am anderen Ende. Ein Kind, ein Mädchen mit langem, dunklem Haar unter der warmen Mütze, kletterte eifrig an den kalten Metallstäben des Gerüstes herum, und hauchte mit der überschäumenden kindlichen Energie dem stillen Platz Leben ein. Die Mutter des Mädchens saß still auf einer Bank ganz in der Nähe, den Mantel der Kälte wegen fest um den Körper geschlungen und dennoch fröstelnd.

Wir sollten heimgehen! dachte sie. Um diese Zeit noch auf dem Spielplatz...

Eben als sie aufstehen wollte, streifte etwas an ihren Beinen entlang. Sie blickte nach unten und sah eine große

Katze, die sich an ihren Jeans rieb und mit großen Augen nach oben, direkt in ihre Augen blickte.
„Ja, wer bist denn du?" sagte sie, wie das Menschen häufig zu ihnen fremden Tieren sagen, und dabei strich sie mit einer Hand sanft über den Rücken der Katze.
„Mein Name ist Murr", sagte die Katze, die ein Kater war. „Und wie heißt du?"
„Ich heiße Andrea", sagte die Frau, und dann zog sie ihre Hand von dem weichen Fell des Tieres zurück, strich sich hastig eine Strähne ihres dunklen Haares aus der Stirn und dachte dabei: Ich spinne wohl! Ich bilde mir doch tatsächlich ein, mit einer Katze zu reden!
„Ein schöner Name für eine schöne Frau", sagte der Kater.
„Oh - danke, aber... ich mag keine Komplimente." sagte Andrea.
„Das wusste ich nicht - verzeih' mir, bitte!" sagte Murr und sprang mit einem eleganten Satz auf die Sitzfläche der Bank.
„Schon gut - du konntest es ja nicht wissen." sagte Andrea. Woher sollte auch eine Katze irgendetwas wissen? dachte sie.
„Ich kann mir denken, was du jetzt denkst", sagte der Kater, während er sich setzte. „Du findest es ungewöhnlich, mit einem Kater zu sprechen; habe ich recht?"
„Oh ja - das kann man wohl sagen!" sagte Andrea, und sie begann sich zu fragen, ob sie aus diesem Traum wohl

schweißgebadet in ihrem Bett erwachen würde...

„Siehst du - ich wusste es. Ich habe das schon einige Male erlebt..."

„Tatsächlich? Du meinst, du hast schon mit anderen Menschen gesprochen?"

„Oh ja - wenn auch nicht sehr oft! Es gibt da ein... kleines Problem..."

„Ich verstehe", sagte Andrea.

Ich verstehe gar nichts! dachte sie dabei. Sie musste versuchen, aus diesem Traum zu erwachen!

„Ich denke, ich muss jetzt gehen", sagte sie. „Meine Tochter sollte längst im Bett sein..."

„Ja, das scheint mir auch so", sagte Murr, und seine Stimme klang traurig, und plötzlich spürte Andrea eine Wehmut in sich, die sie, ohne dass sie es richtig wollte, sagen ließ: „Ich könnte ja wiederkommen - später... und wir könnten noch ein wenig plaudern..."

„Oh - das wäre herrlich! Ich... werde warten!" sagte Murr, und sein Herz tat ein paar schnelle Schläge vor Aufregung. Er sah zu, wie die Menschenfrau ihr Kind von dem Klettergerüst holte, wie die beiden langsam davongingen und schließlich mit den Schatten der dunklen Wohnblocks eins wurden...

*

Murr hielt es nicht länger auf der Bank.
Eine große Unruhe war in ihm, und er begann auf und ab zu gehen. Immer mehr Lichter in den Fenstern verlöschten; die Menschen begaben sich zur Nachtruhe, und Murr fürchtete, er werde Andrea nicht wieder sehen.
Warum sollte sie auch wegen eines ihr völlig fremden Katers ihre warme, behagliche Wohnung um diese Nachtzeit noch verlassen? fragte er sich und setzte sich an einem windgeschützten Platz hin, um sich mit einer Pfote ein paar kleine Tränen der Enttäuschung von den Wangen zu wischen.
Es hatte immerhin recht viel versprechend begonnen...
Vielleicht ist es besser, wenn ich jetzt gehe, dachte er. Ich könnte mir eine noch größere Enttäuschung ersparen...
Aber er blieb wo er war, und seine Katzenaugen versuchten das Dunkel zu durchdringen, aus dem sie auftauchen musste, wenn...
Seine Augen schmerzten ihn schon, als er zwischen den vielen Schatten einen entdeckte, der sich bewegte, geradewegs auf ihn zu...
Sein Herz tat wieder ein paar schnellere Schläge. Er sprang auf, rannte auf den Schatten zu.
Sie war es!
„Da bin ich wieder", sagte sie, als sie ihn über den Rasen laufen sah. „Lass uns ein wenig spazieren gehen, ja? Zum Sitzen ist es zu kalt."
Murr stimmte freudig zu. Ihm war alles recht, wenn er nur

bei ihr sein konnte!
Sie gingen also los - sie in einen dicken Mantel gehüllt, er neben ihr, in seinem Fell, gewärmt von ihrer Gegenwart...
Keiner von beiden hätte später zu sagen vermocht, wie es kam, dass sie in ein Gespräch über Musik, Literatur, Philosophie und das Leben im allgemeinen gerieten, das sie beide so sehr fesselte, dass erst die beginnende Morgendämmerung ihnen bewusst werden ließ, wie lange sie umhergewandert waren.
"Jetzt muss ich aber wirklich nach Hause", sagte Andrea.
„Ja, es muss wohl sein", gab Murr ungern zu.
„Wir könnten vielleicht - morgen Abend..." sagte Andrea.
„Oh - das wäre... wundervoll!" rief Murr selig.
„Also dann - abgemacht", sagte Andrea, kraulte zum Abschied seinen Kopf und verschwand in ihrem Haus.
„Auf Wiedersehen", rief ihr Murr nach, dann ging er mit stolz erhobenem Kopf davon, in Richtung der weiten Felder jenseits der dunklen Wohnblocks.

*

Am nächsten Abend schlich Murr unaufhörlich um das Haus, in dem die Menschenfrau wohnte, und seine Ungeduld war kaum noch zu ertragen.
Endlich! Da kam sie!
„Ich weiß - ich bin zu spät", sagte sie entschuldigend und kraulte ihn zur Begrüßung zwischen den Ohren.

„Oh - ich bin sehr geduldig", log Murr. Hauptsache, sie war da!
Sie spazierten wieder durch die Nacht, ziellos aber glücklich, zusammen zu sein.
„Ich möchte alles von dir wissen", sagte Andrea.
„Frag' mich einfach..." sagte Murr.
"Nein, ich mag keine Fragen stellen", sagte Andrea. „Erzähle einfach!"
„Wo soll ich da anfangen?" fragte Murr, doch dann begann er eben irgendwo, und da er viel zu erzählen hatte, von seiner Jugend, von seinen Studien, von Menschen, die er gekannt hatte, von Menschenfrauen, mit denen er früher hatte sprechen können, verging die Zeit wie im Fluge, und Andrea hörte ihm aufmerksam zu.
„Du kannst dich so schön ausdrücken", sagte sie. „Ich liebe nicht nur, was du sagst, sondern auch, wie du es sagst!"
Das hörte Murr überaus gerne, denn er war stolz darauf, wie er mit der Sprache umgehen konnte - sofern ihn jemand verstand...
Von ihrer Bewunderung beflügelt, fuhr er fort:
„In meiner Familie wird eine Geschichte schon seit vielen Generationen weitergereicht - die Geschichte von der Weissagung", sagte er.
„Hör zu - es ist eine sehr interessante Geschichte, und ein berühmter Dichter hat einen Teil davon sogar für die Ewigkeit aufgezeichnet - E.T.A. Hoffmann..."

„Oh - den kenne ich", sagte Andrea, die Murr an Klugheit und Bildung kaum nachstand.

„Nun - mein Urahn - er hieß Murr, so wie ich - war ein gebildeter und weit gereister Kater, der an den Fürstenhöfen ein und aus ging. Nach seinem Tode erschien bei den Hinterbliebenen eine alte Frau, von der die Menschen sagten, sie habe das „Zweite Gesicht", und sie verkündete, dass dereinst einer aus dem Geschlechte der Murr hervorgehen werde, der noch viel mehr zustande bringen werde als der eben Verstorbene."

„Damit kannst nur du gemeint sein", rief Andrea. „Du bist so ein großer Humanist... ein Weiser...!"

Murr errötete heftig unter dem dichten Fell an seinen Wangen.

„Nun - das bin ich nicht, aber... man kommt der Weisheit näher, wenn man begreift, dass man sie nie erlangen wird..."

„Was du sagst, bestärkt mich in meiner Ansicht", meinte Andrea, und Murr gab es auf, zu widersprechen.

„Es gibt da noch etwas - es heißt, dass dieser auserwählte Kater zu einem... Menschen werden wird... unter gewissen Umständen..." fuhr er fort.

„Du meinst... ich meine... wenn du dieser Kater bist, dann könntest du..." Die Vorstellung schnürte ihr die Kehle zu.

„Vielleicht - ich weiß es einfach nicht", sagte Murr. „Es wäre zu schön, um wahr zu sein..."

„Wie es auch kommen mag - ich glaube, ich lieb' dich",

flüsterte Andrea.

„Wirklich?" fragte Murr, und er spürte heftig, dass er sie auch liebte.

„Ich sagte: ich glaube es", sagte Andrea.

„Es zählt das, was wir glauben", sagte Murr, „denn die Wirklichkeit ist nur das Bild, das wir uns von ihr machen!"

„Du weißt einfach auf alles die richtige Antwort!" sagte Andrea.

Sie gingen eine Weile schweigend nebeneinander her.

„Ich möchte dir zeigen, wie ich wohne", sagte Andrea in die Stille hinein.

Murr sah, dass sie eben vor Andreas Haus standen.

Sie öffnete das Tor, und Murr schlüpfte hinter ihr ins Haus, dann in die Wohnung, und er widerstand der Versuchung, nach Katzenart die Räume zu inspizieren, sondern folgte ihr ins Wohnzimmer und ließ sich neben ihr auf dem Sofa nieder.

Sie setzten ihre Unterhaltung von vorhin fort, und Murr ertappte sich dabei, wie er sich vorstellte, als Menschenmann hier mit ihr zu leben...

Es muss einfach wundervoll sein mit ihr! dachte er und war beinahe glücklich.

„Ich bin müde - wir sollten ins Bett gehen", sagte Andrea schließlich.

Sie entkleidete sich, und Murr wurde beim Anblick ihres nackten, weiblichen Körpers ganz warm ums Herz.

„Komm!" lockte sie und schlüpfte unter die Bettdecke.

Murr zögerte nicht und sprang aufs Bett, kroch ebenfalls unter die Decke und schmiegte sich an Andreas weichen, warmen Körper.

Ein nie gekanntes Glücksgefühl durchströmte ihn...

Er spürte ihre kraulenden Hände, dehnte und streckte sich wohlig, und er spürte, dass mit ihm etwas geschah, das unglaublich war...

Auch Andrea merkte, dass etwas vorging, das jenseits all ihrer Vorstellungskraft lag, doch sie ließ ihre Augen fest geschlossen und verschwendete keine Sekunde kostbarer Zeit an den Gedanken, wie es kam, dass sie statt haariger Pfoten auf einmal zart streichelnde Hände an ihrem Körper spürte, wieso sich weiche Lippen auf die ihren legten...

Und dann verschmolzen Menschenfrau und Menschenmann zu einem einzigen in sich selbst verschlungenen Leib, der sich erst viel später, nach den lustvollsten Momenten in beider Leben, wieder zu zwei getrennten, vibrierenden Körpern entwirrte.

"Es ist so schön mit dir", flüsterte Andrea, noch atemlos, und der kleine Kater, der neben ihr lag und dessen Flanken sich in rasendem Takt hoben und senkten, flüsterte: „Mit dir auch!"

*

Der Winter kam, und für Murr begann wieder einmal die

schlimmste Jahreszeit.
Es war nicht leicht, ein warmes Plätzchen für die Nacht zu finden, wenn die Stürme tobten und Schnee durch jede Ritze der Bretterbuden drang, in denen Murr so gerne schlief...
Die Mäusejagd war auch äußerst mühsam zu dieser Jahreszeit, und immer öfter musste Murr seiner Abneigung gegen den Gestank der Mülltonnen widerstehen, um nicht zu verhungern.
Andrea hatte es aufgegeben, ihn füttern zu wollen, wenn er sie besuchte, denn er weigerte sich beharrlich, Almosen anzunehmen, wie er es nannte. Einerseits verbot es ihm sein Katerstolz, anderseits die Erfahrung mit den Menschen, denn er wusste nur zu gut, dass sie die Almosenempfänger verachteten, fast so sehr wie die Sanftmütigen und Friedfertigen, wogegen sie die Starken, Rücksichtslosen und Brutalen umso mehr achteten.
Murr erinnerte sich an Menschenfrauen, mit denen er früher hatte sprechen können, die dann ihre Achtung vor ihm verloren und damit die Fähigkeit, ihn zu verstehen.
Nein - das durfte mit Andrea niemals geschehen!
Nicht, nachdem er schon einige unvergessliche Nächte mit ihr verbracht hatte - nicht, da die Phasen seines Menschenmann-Seins von Mal zu Mal länger andauerten - nicht, da er sie und sie ihn immer mehr liebte!
Regelmäßig wanderte er zu ihrem „Toten Briefkasten", wie sie den hohlen Baum nannten, in dem sie ihm immer

Zettelchen hinterließ mit Nachrichten wie: Ich liebe Dich! Wir treffen uns um 21 Uhr! oder: Heute kann ich nicht! Sieh morgen wieder nach! Ich liebe Dich!
So sehr er diese Zettelchen liebte, wünschte er sich doch nichts sehnlicher, als dass sie eines Tages überflüssig wären, weil er für alle Zeiten als Menschenmann bei ihr bleiben konnte. Er fühlte, dass es bald so weit sein musste...
Sein Katzenkörper wurde ihm immer mehr zur Last, wenn er hingegen als Menschenmann bei Andrea war, fühlte er sich so wohl, als wäre er niemals in diese vierbeinige, haarige Hülle eingesperrt gewesen...
Und dann - an einem Februartag - fand er diesen Zettel: Lieber Murr! Ich fühle mich zur Zeit nicht wohl. Ich brauche ein paar Tage Ruhe - dann wird es schon wieder... Versteh' mich, bitte, aber es ist besser, wenn wir uns ein paar Tage lang nicht sehen. Ich melde mich wieder! Ich liebe Dich!
Murr wanderte stundenlang umher und grübelte, wie er Andrea helfen könne. Es fiel ihm aber nichts ein. Er konnte in seiner Katergestalt absolut nichts tun, nicht schreiben, nicht telefonieren, nicht einmal an ihrer Tür läuten...
Also versuchte er das Beste daraus zu machen und widmete sich der Nahrungssuche, um wieder zu Kräften zu kommen, denn in der letzten Zeit hatte er seine Fettreserven ganz schön angeknabbert.
Am nächsten Tag war keine Nachricht im „Toten

Briefkasten", ebenso wenig am übernächsten.

Wie viele Tage sind „ein paar Tage" ? grübelte er. Zwei, drei, oder sieben?

Jedoch auch nach einer ganzen Woche hatte er noch nichts von Andrea gehört, und Murr verzehrte sich vor Sehnsucht nach ihr. Er wagte sich kaum noch von dem hohlen Baum weg, vor lauter Sorge, er könnte sie verpassen, wenn sie kam, um ihm eine Nachricht zu hinterlegen...

Nur hin und wieder wagte er es, ein paar Runden um ihr Haus zu ziehen, um vielleicht einen Blick auf sie zu erhaschen, wenn sie am Fenster stand, doch mehr als gelegentlich blasse Schatten, die über die Gardinen huschten, bekam er nicht zu sehen.

Was ist bloß geschehen? dachte er. Sie liebt mich doch! Warum quält sie mich so sehr? Und - quält sie sich nicht auch selbst?

Er wurde immer verzweifelter. Er hatte längst keine Lust mehr, zu essen und zu trinken, und er wagte kaum zu schlafen vor Angst, er könnte gerade den Moment verschlafen, in dem er vielleicht die Gelegenheit gehabt hätte, ihr zu begegnen.

Ich liebe sie doch so sehr! dachte er, und er merkte, dass sich sein Verstand zu verwirren begann. Er dachte an etwas, und er dachte im Kreise. so wie er auch immer öfter im Kreise um ihr Haus lief, ohne zu wissen, wo der Kreis begann und wo er endete...

So kann es nicht weitergehen! dachte er. Sie darf nicht aufgeben - nicht jetzt, so kurz vor dem Ziel!
Es machte ihn krank und schwach, nicht zu wissen, wie es ihr ging, wie sie sich fühlte, wie sehr sie ihn noch liebte, und er wusste, dass er nun alles auf eine Karte setzen musste: Ich setze mich vor ihre Tür und gehe nicht wieder weg! Irgendwann muss sie ja herauskommen! Und dann muss sie mit mir reden!
Gesagt - getan...
Er schleppte sich zum Haustor, kuschelte sich in die schmale Nische zwischen Wand und Tor und wappnete sich mit Geduld.
All die Unruhe, die er in den letzten beiden Wochen verspürt hatte, fiel nun von ihm ab, alle wirren Gedanken klärten sich nun, und eine stille Zufriedenheit machte sich in ihm breit. Es war nicht einmal so kalt hier, so, als ob die Nähe der Wohnung und damit der geliebten Menschenfrau Wärme ausstrahlte...
Sogar der Wind schwieg für eine Weile, und die Wolken teilten sich, um die Sichel des Mondes einen Blick auf den kleinen Kater werfen zu lassen, der da zusammengerollt lag und auf die Geliebte wartete.
Sie liebt mich, und ich liebe sie! dachte Murr.
Die alte Weissagung... sie hat sich erfüllt! Oh, wie stolz werden alle auf mich sein, wenn sie davon erfahren...
Er schloss die müden Augen.
Ich werde sie hören, wenn sie kommt! dachte er. Und wir

werden uns für alle Zeit lieben....

Stunden später kam ein Menschenmann aus Andreas Wohnung. Ihm waren die Zigaretten ausgegangen, und er wollte sich welche vom Automaten um die Ecke holen.

Er trat ins Freie, sog die kalte Nachtluft ein, und da sah er ein dunkles Bündel auf dem Boden liegen. Er bückte sich. Seine Finger berührten den kleinen Körper. Er war hart und steif; zweifellos war sie tot, die kleine Katze. Er hob den Leichnam auf und nahm ihn mit auf seinem Weg zum Zigarettenautomaten, und als er ihn in einem Müllcontainer zur letzten Ruhe bettete, war ihm, als hätte er zu kleinen Eistropfen gefrorene Tränen an den Schnurrbarthaaren gesehen - und ein glückliches Lächeln auf den toten Lippen...

Mangomond

Ich saß in meinem Stammlokal an der Theke, nippte an meinem Espresso und brütete über der Frage, wovon ich meine längst fällige Wohnungsmiete bezahlen sollte, als kurz vor der Sperrstunde eine Frau das Lokal betrat, sich kurz umsah und dann zielgenau den Barhocker neben mir ansteuerte.

Ich hatte nicht vor, Notiz von ihr zu nehmen, doch dann sagte sie halblaut:

"Ich habe Durst."

Janina, die Serviererin, war eben am anderen Ende des Lokals beschäftigt, sonst war auch niemand in der Nähe, also konnte sie ihre Worte nur an mich gerichtet haben.

"Nun, dann bestellen Sie einfach etwas zu trinken", sagte ich ohne sie anzusehen.

"Ich kann aber nicht bezahlen", sagte sie.

Nun sah ich sie doch an. Ihre Offenheit überraschte mich ebenso wie die Tatsache, dass sie keineswegs so aussah, als hätte sie leere Taschen, aber das hatte wohl nicht viel zu sagen, denn ich selbst sah bestimmt auch nicht so pleite aus wie ich es derzeit leider war.

"Bestellen Sie einfach - ich bezahle", sagte ich.

Ich konnte sie nicht verdursten lassen, und auf das kostenlose Leitungswasser im Klo wollte ich sie nicht hinweisen - so schlau war sie wohl selbst.

"Was trinken Sie, wenn Sie großen Durst haben?" fragte sie, und beinahe hätte ich wahrheitsgemäß "Leitungswasser" gesagt, doch dann empfahl ich ihr doch Soda-Zitrone.
Janina tauchte hinter der Theke auf, die Frau sah mich an, als wollte sie sich noch einmal meiner Zustimmung versichern, und als ich auffordernd nickte, bestellte sie Soda-Zitrone.
"Klein oder groß?" fragte Janina.
"Groß", sagte ich. "Aber mit echter Zitrone, nicht mit dem chemischen Sirup!"
Die Frau trank das halbe Glas in einem Zug, setzte kurz ab, dann leerte sie es zur Gänze. Sie musste wirklich sehr durstig gewesen sein, dachte ich, dann kam ich mir blöd vor, weil ich sie beim Trinken beobachtete als wäre sie eine seltene Spezies.
"Ah, das war gut!", sagte sie ein wenig atemlos und lächelte dann. "Vielen Dank!"
"Nichts zu danken... ich heiße Paul!"
"Ich bin auf der Durchreise", sagte sie, ohne ihren Namen zu nennen. "Wien ist eine schöne Stadt mit netten Menschen."
Sie lächelte wieder.
"Jetzt muss ich sehen, dass ich einen Ort zum Schlafen finde. Ich bin sehr müde."
Sie machte Anstalten, von ihrem Hocker zu steigen, und sah mich dabei an wie ein Hund, der ausgesetzt worden

war. Ich hörte mich sagen:
"Ich wohne nicht weit von hier... wenn Sie... ich meine..."
"Dann gehen wir."
Sie sagte es bestimmt, ohne Umschweife, und während ich noch bezahlte, ging sie schon in Richtung Ausgang. Ich folgte ihr, und draußen vor der Tür sog ich die Nachtluft ein. Im Lokal war es sehr warm und schwül gewesen, doch hier war es, verglichen mit der Hitze des Tages, angenehm kühl.
"Es ist nicht weit, etwa zehn Minuten zu Fuß", sagte ich.
Sie nickte.
Wir gingen los, und nach zwei Häuserblocks erreichten wir die Gegend mit den Einfamilienhäusern, umgeben von Gärten, und mit freierer Sicht auf den Himmel.
Der Mond schwebte vor uns gelbrot bis rot gefärbt wie ein Lampion über dem Horizont, und sie sagte plötzlich in den Widerhall unserer Schritte:
"Der Mond sieht aus wie eine Mango. Ich liebe Mangos. Da, wo ich her komme, sind sie leider kaum zu bekommen..."
Es lag mir auf der Zunge sie zu fragen, woher sie denn käme, doch irgend etwas hielt mich davon ab. Ich spürte, dass sie eine Abneigung gegen Fragen besaß; sie würde mir schon erzählen, was sie erzählen wollte, aber Fragen würde sie wohl nicht beantworten. Ihren Namen hatte sie ja auch noch nicht verraten...
Als wir an meinem Haus ankamen, folgte sie mir in den

Flur, durch den Innenhof und ins Treppenhaus, als wäre es die selbstver-ständlichste Sache der Welt, mit jemandem, den man überhaupt nicht kannte, mitzugehen.
Eigentlich hatte ich sie vor dem Chaos, das in meiner Wohnung herrschte, warnen wollen, doch nun war sie da, ungewarnt, aber keineswegs schockiert, sondern lediglich neugierig.
"Du bist also Musiker", sagte sie, mich zum ersten Mal duzend, und ich nickte.
Meine Instrumente waren nicht zu übersehen, und sie standen und lagen eindeutig nicht so umher, als wären sie nur zur Zierde der Wohnung überall verstreut.
"Ich liebe Musik, besonders die der Rolling Stones", sagte sie. Ich verkniff mir eine kritische Bemerkung. Es hätte durchaus schlimmer sein können...
"Ich habe leider nichts von den Stones hier", sagte ich.
Sie setzte sich auf meine Schlafcouch, da es keine andere Sitzgelegenheit gab, die man ohne umständliche Räumungsaktion benutzen konnte, und ich machte das Radio an.
"Hast du etwas zu trinken?"
Jetzt war die Zeit gekommen, das Leitungswasser ins Spiel zu bringen, denn tatsächlich gab es bei mir sonst nichts zu trinken, wenn man davon absah, dass man mit Wasser auch Tee und Kaffee zubereiten konnte.
"Du bist ein seltsamer Mann", sagte sie, nachdem ich ihr ein Glas Wasser gebracht hatte, "aber sehr nett!"

"Wieso bin ich seltsam?"
"Trinkst du nie etwas? Ich meine Alkohol...?"
"Sehr selten", sagte ich wahrheitsgemäß. "Ich bin sehr viel mit dem Auto unterwegs, und da wäre es nicht gut, Alkohol zu trinken. Wenn ich aber weiß, dass ich in der nächsten Zeit nicht fahren muss, genehmige ich mir schon mal ein Bier oder ein Glas Wein..."
"Ich hatte einmal eine Phase, in der ich viel zu viel getrunken habe, aber das ist vorbei", meinte sie und nippte an ihrem Wasser. "Jetzt trinke ich gern Bier, aber nur selten zu viel davon."
"Wie heißt du eigentlich?", wagte ich spontan einen Vorstoß ins Unbekannte.
Sie zögerte gerade so lange, dass ich wusste, sie würde lügen.
"Anna Maria", sagte sie dann und sah mich unschuldig an. "Hatte ich das noch nicht erwähnt?"
"Nein, deshalb habe ich ja jetzt gefragt. Ich meine... ist ja irgendwie blöd, wenn ich nicht weiß, wie ich dich anreden soll... "
"Jetzt hast du ja gleich zwei Namen zur Auswahl", lachte sie und sah dabei aus wie ein kleines Mädchen, dem eine Überraschung gelungen war. Ich begann sie zu mögen und mir vorzustellen, wir wären Freunde und sie wäre nicht eine Fremde, die ich als guter Samariter mit zu mir genommen hatte, weil sie kein Dach über dem Kopf und kein Geld hatte. Es war dieses Lachen, das sie völlig

anders aussehen ließ als bisher, das sie zu einem jungen Mädchen im Körper einer Mittvierzigerin machte, und das mir plötzlich bewusst machte, dass dieser Körper attraktiv war.

"Ich bin also seltsam, weil ich kaum Alkohol trinke?"

"Das ist nicht seltsam, nur selten", sagte sie. "Aber seltsam ist, dass du keine Fragen stellst. Ein Anderer würde mir Löcher in den Bauch fragen."

"Soll ich das tun?"

"Wann hast du zuletzt hier aufgeräumt?" fragte sie an Stelle einer Antwort.

"Ich räume ständig auf, aber..."

Mit einem Mal wurde mir das Chaos, das in meiner Wohnung herrschte und an das ich mich schon so gewöhnt hatte, dass es mir nicht einmal mehr auffiel, peinlich.

Peinlich vor einer Herumtreiberin? Oder was war sie? Auf der Durchreise? Von wo nach wohin? In einem Kleid, in dem sie schnell noch etwas aus dem Supermarkt hätte besorgen wollen? In Schuhen, die nicht billig und auch nicht sehr bequem aussahen? Mit einer kleinen Umhängetasche, in die gerade das Nötigste passte?

Ich hätte hundert Fragen auf meiner Zunge gehabt, aber ich schluckte sie hinunter.

Das Gefühl einer gewissen Souveränität hatte mich jäh verlassen und ich kam mir nun irgendwie hilflos vor.

"Wo ist das Schlafzimmer?" fragte sie, erlöste mich damit aus meinen Gedanken und stürzte mich zugleich in eine

neue Verlegenheit.
"Ich schlafe normalerweise hier", sagte ich und deutete auf meine Schlafcouch, auf der sie saß, "aber ich habe noch ein Sofa im Arbeitszimmer... ich muss nur das Zeug, das darauf liegt, abräumen, dann kannst du darauf schlafen."
"Lass das Zeug, wo es ist", sagte sie und stand auf. Sie wandte mir den Rücken zu, während sie ihr Kleid auszog, und ich vergaß zu atmen, als sie nackt vor mir stand.
"Vielleicht solltest du zumindest ein Leintuch auflegen", sagte sie und wandte sich wieder zu mir.
Mein Körper löste sich bis auf einen kleinen Teil aus der Starre, die ihn befallen hatte, und ich holte das Leintuch aus seinem Versteck in der Bettlade hervor, spannte es über die Sitzfläche der Couch, legte zwei Kissen auf, und als ich dann noch eine dünne Decke darüber legte, kroch sie schon darunter und sah mich erwartungsvoll an.
Ich zog mich aus.
"Das Licht... mach es aus", sagte sie leise, als ich nackt neben dem Bett stand. "Wir brauchen es nicht..."
Ich löschte das Licht. Sie hatte Recht. Ich zog die Decke von ihr, und durch das Fenster neben dem Bett tauchte der Mangomond unsere mehr und mehr verschmelzenden Körper in seine weichen Farben.

*

Der Duft von Eiern mit Speck und frischem heißem Kaffee schwebte im Raum und vermengte sich mit der erwachenden Erinnerung an die Nacht.
Helene, dachte ich...
Ich öffnete die Augen und sah eine Fremde, die meinen ihr viel zu großen Morgenmantel trug, am Herd stehen.
"Guten Morgen! Das Frühstück ist gerade eben fertig", sagte sie mit einem Lächeln.
"Guten Morgen", sagte ich. Meine Stimme klang heiser und ich hoffte, dass zumindest das Lächeln, das ich versuchte, gelang, wenn schon der Klang meiner Stimme sogar mich selbst erschreckte.
"Ich denke, du magst Eier mit Speck", sagte sie, während sie den Inhalt der Bratpfanne auf zwei Teller verteilte. "Es war sonst nichts Essbares zu finden."
"Ich hatte keine Zeit zum Einkaufen", sagte ich, "und ich wusste nicht, dass ich... Besuch haben würde... und gar zum Frühstück..."
"Bleib!" sagte sie, als ich aus dem Bett kriechen wollte. "Ich würde so gern mit dir im Bett frühstücken!"
Der Gedanke hatte etwas Reizvolles, fand ich, also blieb ich im Bett, sie brachte mir einen der beiden Teller und eine Kaffeetasse, setzte sich dann mit ihrem Anteil zu mir aufs Bett, und wir frühstückten.
Ich versuchte herauszufinden, ob ich soeben ein Déja-vu erlebte oder ob ich tatsächlich schon vor Jahren genau diese Situation in einem Traum oder einer Art Vision

vorhergesehen hatte.
Ich nahm eben einen Schluck Kaffee, als die Namenlose, die sich von mir Anna Maria nennen lassen wollte, fragte: "Wer ist Helene?"
Ich verschluckte mich, hustete und hätte beinahe das, was noch in der Tasse war, verschüttet.
"Entschuldige... habe den Kaffee in die falsche Kehle bekommen.... wer soll was sein?"
"Helene", beharrte sie entgegen meiner Hoffnung. "Du hast Helene gesagt, als du aufwachtest."
"Ich habe wohl geträumt", sagte ich. "Keine Ahnung, ob und was ich gesagt haben könnte?"
Ich stürzte den restlichen Kaffee in einem Zug hinunter. Ich hatte doch nichts gesagt - nur gedacht... oder etwa nicht?
So musste sich Judas gefühlt haben, als er Jesus verleugnete, wofür er allerdings als Entschuldigung hätte vorbringen können, dass er gewissermaßen im göttlichen Auftrag handelte, indem er eine undankbare Mission erfüllte, wenn ihm dies denn bewusst gewesen wäre.
Anna Maria ging darüber hinweg.
"Wir müssen einkaufen gehen. Du hast rein gar nichts im Haus!"
"Ich esse meist unterwegs, und ich esse nicht viel..."
"Hin und wieder muss man etwas Ordentliches essen", meinte sie und kratzte mit der Gabel die letzten Krümel von Eiern mit Speck zusammen.

"Für heute habe ich jetzt jedenfalls ausreichend gegessen", lachte ich. "Normalerweise frühstücke ich nur Kaffee."
"Und Eier mit Speck isst du am Abend? Oder wann?"
Sie wartete meine Antwort nicht ab, sondern nahm die Teller und die Kaffeetassen, brachte sie dahin, wo meine Küche sein sollte, wo aber lediglich ein Brett über zwei Holzböcke gelegt war, damit die Kochplatte und der Mikrowellenherd nicht auf dem Boden stehen mussten, und fragte dann:
"Und wo spüle ich jetzt das Geschirr?"
"Gar nicht - ich mache das später selbst... im Badezimmer..."
"Gut, aber erst, nachdem ich geduscht habe!"
Sie verschwand in Richtung Badezimmer, und ich kroch nun doch aus dem Bett. Ich war noch nicht restlos davon überzeugt, dass ich wach war und mich in der realen Welt befand, aber es hatte keinen Sinn, jetzt Widerstand zu leisten, also lauschte ich dem fernen Rauschen der Dusche und schob dabei ein paar Stapel von Einkaufstüten, die mit allerlei Zeug gefüllt waren, das längst in meine Regale und Kommoden hätte einsortiert werden sollen, so beiseite, dass ein Pfad durchs Zimmer entstand, den man begehen konnte, ohne fortwährend über irgend etwas darüber steigen zu müssen.
Das Rauschen verstummte, und eine Minute später kam Anna Maria, ein Badetuch um ihren schlanken Körper

geschlungen, ins Zimmer.
"Wo hast du den Haarfön?" fragte sie.
"Ich habe keinen", sagte ich und fragte mich, wie lange es wohl dauern mochte, bis ihr langes Haar an der Luft getrocknet sein würde.
"Okay", sagte sie. "Dann werden wir ein wenig später zum Einkaufen gehen, und ich werde furchtbar aussehen."
Ich lachte.
"Du siehst bestimmt nicht furchtbar aus", sagte ich. "Dazu siehst du einfach viel zu gut aus!"
"Wenn du das sagst..."
Sie tat gleichgültig, aber ich hatte so ein Gefühl, dass es ihr gefiel, mir zu gefallen.
Ich suchte nun meinerseits das Badezimmer auf, rasierte mich gründlich, duschte, und als ich schließlich wieder in die Wohnschlafzimmerküche kam, saß Anna Maria auf dem Rand der Couch und steckte eben ein kleines Telefon in ihre kleine Umhängetasche. Sie trug jetzt wieder ihr Kleid und ihre Schuhe, und ihr Haar, das sie mittlerweile zu einem Pferdeschwanz gebunden hatte, sah schon viel trockener aus als vorhin.
"Zieh dich an - wir können schon losgehen!" sagte sie und sah mir zu, wie ich frische Sachen aus der Kommode nahm und mich dann ankleidete.
Mit wem hatte sie telefoniert?
Hatte sie einen Mann, vor dem sie ausgerissen war? Kinder? Eine pflegebedürftige alte Mutter? Oder war sie die

Spionin einer Einbrecherbande?
Ich musste lachen. Bei mir gab es nichts zu holen, aber auf welche Gedanken kam ich da?
Ich nahm zwei Plastiktüten von dem Haufen, den ich gesammelt hatte, und wir gingen los.
Wir gingen nicht wie am Vorabend einfach neben einander her, sondern sie hielt meine Hand, als wären wir ein frisch verliebtes Paar auf Einkaufsbummel; immerhin waren wir auf dem Weg zum Supermarkt ein paar hundert Meter die Straße hinunter, insofern war die Vorstellung nicht gänzlich abwegig.
"Hier sind lauter alte, kleine Häuser... wie in einem Dorf", sagte Anna Maria.
"Das war auch einmal ein Dorf", sagte ich. "Aber davon ist leider nicht mehr viel übrig. Zu viele Neubauten; zu wenige Läden, die es früher hier gab, haben überlebt. Es gibt gerade noch eine Bäckerei, die aber nur vormittags geöffnet hat..."
"Das ist schade", sagte sie und drückte meine Hand. "Lebst du schon immer hier?"
"Nein, ganz im Gegenteil", sagte ich und ärgerte mich darüber, dass es ihr mühelos gelang, mich auszufragen, wogegen ich von ihr immer noch nicht mehr wusste, als dass sie eine attraktive Frau um die Vierzig war, die wie aus dem Nichts in meinem Leben erschienen war.
Wir waren am Supermarkt angelangt, und irgendwie überraschte es mich nicht, dass sie dir Reihen der Regale

abwanderte, als wäre sie hier zu Hause und nicht ich, denn all diese Märkte waren nach ein und demselben Schema eingerichtet, sodass man sich überall sofort zurecht finden konnte. Anna Maria räumte den Einkaufswagen voll, und da sie ja kein Geld hatte, würde ich all das bezahlen müssen, was sie für unbedingt erforderlich hielt, und ich war versucht, heimlich in meiner Brieftasche nachzusehen, ob ich mir das überhaupt leisten konnte.

"So - ich denke, ich habe alles beisammen", sagte sie schließlich. "Welches Bier soll ich nehmen?"

"Nun... welches du magst."

Sie sah mich erstaunt an.

"Trinkst du kein Bier?"

"Selten", sagte ich. In Wahrheit konnte ich mich gar nicht erinnern, wann ich zuletzt Bier getrunken hatte - nein! Ich hatte doch erst vor zwei Monaten eine Veranstaltung besucht, wo es Freibier gab, und da hatte ich tatsächlich einen Becher Bier getrunken!

"Also, ich trinke am liebsten Bier", sagte sie und räumte ein paar Dosen in den Wagen. Mir war es Recht...

Als wir unseren Schatz an der Kasse auf das Förderband gelegt hatten, kam mir eine Idee.

"Ich hole noch schnell etwas", sagte ich und suchte den Weg zurück zur Abteilung Obst und Gemüse, fand, was ich zu finden gehofft hatte, nahm zwei Stück davon und eilte zurück. Unsere Ware war schon beinahe durch, als ich die Mangos auf das Band legte.

"Zweiundvierzig fünfzig", sagte die Kassiererin.

"Mangos! Du hast daran gedacht..."

Anna Maria küsste mich, schlang ihre Arme um mich, und als hätte ich Watte in den Ohren, hörte ich dumpf eine Stimme sagen:

"Zweiundvierzig fünfzig, bitte! Ich habe nicht den ganzen Tag Zeit!"

Wie egal mir das doch war...

*

Anna Maria sah aus dem Fenster, wo hinter den Gärten der Nachbarhäuser, den blühenden Sträuchern und den sich leicht im Winde neigenden Bäumen die Hügel des Wiener Waldes, von der Sonne, die noch im Südosten stand, beschienen, den Horizont bildeten.

"Können wir dort hin fahren?" fragte sie.

"Selbstverständlich - sag, wann du fahren möchtest..."

"Jetzt", sagte sie und wandte sich mir zu.

Eigentlich hätte ich einiges an Arbeit zu erledigen gehabt, aber der Gedanke daran war nicht im mindesten so verlockend wie der, mit Anna Maria einen Ausflug zu unternehmen, daher sagte ich:

"Also jetzt!"

Es würde ein sehr warmer Tag werden, sodass ihr Sommerkleid ausreichen würde, aber in ihren Schuhen würde sie nicht weit kommen, falls wir einen

Waldspaziergang unternahmen, und so fuhr ich an einem kleinen Ein-kaufszentrum mit einem Schuhladen vorbei.
Es amüsierte Anna Maria, dass ich sagte, ich würde ihr bequeme flache Schuhe kaufen, und sie erstaunte mich insofern, als sie nicht lange gustierte und jede Menge Modelle durchprobierte, sondern schnell entschlossen genau die Schuhe wählte, die ich ihr empfohlen hätte, wenn sie mich gefragt hätte.
Nun stand unserem kleinen Ausflug nichts mehr im Wege, und wenige Minuten später parkte ich in einer Sackstraße am Fuß eines Hügels, den man von meinem Fenster aus sehen konnte.
Der Weg führte von hier steil die Perchtoldsdorfer Heide hinan, und oben am Waldrand schnaufte ich mangels Kondition recht ordentlich. Ihr schien der Aufstieg keinerlei Mühe bereitet zu haben, und nun stand sie da und sah auf die unter uns liegenden Ortschaften und auf das südliche Wien hinunter.
"Schön", sagte sie und lehnte sich an mich. "Zeig mir das Haus, in dem du wohnst!"
Ich wusste, dass man das Haus sehen konnte, denn man sah von dort aus ja auch hierher, und ich fand es schnell, weil ich wusste, wo ich suchen musste.
"Kommst du oft hierher?" fragte sie.
"Nein - als ich noch ein Kind war, war ich öfter mal hier in der Gegend, aber... ich komme zwar viel herum, doch hier, sozusagen vor meiner Haustür, war ich seit Jahrzehnten

nicht mehr..."
"Ich an deiner Stelle..."
Sie unterbrach sich und lehnte sich fester gegen mich. Ich sah sie an und vermeinte so etwas wie Wehmut in ihren Augen zu entdecken...
Hand in Hand gingen wir eine Weile lang schweigend den Weg in den Wald hinein.
"Ist es nicht wunderbar", sagte sie dann plötzlich. "Alles verändert sich, doch die Natur bleibt die Natur wie sie immer war, dort, wo sie noch sein darf..."
Ich nickte, und als mir bewusst wurde, dass sie es nicht sehen konnte, weil ihr Blick an Bäumen und Büschen, an Gräsern und Blumen hing, wurde mir klar, dass sie keine Antwort erwartete als die, die der Wald gab.
'Ich liebe Mangos; wo ich her komme, sind sie kaum zu bekommen', hatte sie an unserem ersten Abend gesagt. Es war nicht zu übersehen, dass sie den Wald liebte, und mir drängte sich die Vermutung auf, dass auch er dort, wo sie her kam, etwas war, wonach sie sich sehnte, das sie aber nicht haben konnte...
"Ich habe bei einem Unfall mein Gedächtnis verloren", sagte sie plötzlich in die Stille des Waldes hinein. "Schon vor vielen Jahren."
Ich schwieg.
Ich spürte, dass sie etwas begonnen hatte, das sie auch vollenden oder zumindest fortsetzen würde.
"Es war weit entfernt von hier... und ich hatte den

Menschen in meiner Umgebung noch nicht viel von mir erzählt - gerade so viel, dass ich später von ihnen über einige Länder, Städte und Landschaften erfuhr, wo ich gewesen sein musste, woran ich mich aber nicht mehr erinnern konnte. Es geht mir gut da, wo ich lebe. Es ist kein schlechtes Leben, aber... "

"Du bist auf der Durchreise, sagtest du... du versuchst dich an den Orten, von denen du weißt, zu erinnern...", mutmaßte ich.

"Ja."

"Und... funktioniert es?"

Sie nahm meine Hand und sah mich an.

"Als ich dich zum ersten Mal sah, dachte ich, ich müsste dich kennen", sagte sie. "Aber... du kennst mich nicht, oder doch? Also... es war so ein Gefühl... nein, es ist so ein Gefühl. Ich denke, ich muss einmal jemanden gekannt haben, der... mit dem..."

Nein, ich hatte sie bis vor kurzem nicht gekannt, dessen war ich sicher, aber als sie mich küsste, bedauerte ich, dass ich nicht der war, nach dem sie insgeheim auf der Suche war, ohne es bisher gewusst zu haben...

*

Ich fragte Anna Maria, was es damit für eine Bewandtnis habe, dass sie kein Geld hatte.

"Mein Reisegeld ist aufgebraucht", sagte sie. "Ich setze mir bei meinen Reisen ein Limit, und wenn das Geld zur Neige geht, fliege ich heim. Das Ticket habe ich in meiner Tasche."

"Und doch bist du noch hier; warum?"

"Weil... sieh - ich lasse mich von meinem Gefühl leiten; wenn es mir sagt, ich soll mit einem Bus fahren, dann fahre ich mit einem Bus, wenn es mir sagt, ich soll irgend eine Straße entlang gehen, gehe ich diese Straße entlang. In dieser Stadt hatte ich immer wieder ein starkes Gefühl, dies oder jenes zu tun, hierhin oder dahin zu fahren, zu gehen, und ich spürte immer intensiver, dass ich hier gewesen, sogar hier gelebt haben musste. Ich kann mich an nichts wirklich erinnern, aber manche Straßen oder Gebäude lassen mich dies stärker spüren, und so konnte ich einfach nicht von hier fort..."

"Und auf diese Weise bist du in diese doch einigermaßen abgelegene Gegend gekommen?"

Sie nickte.

"Und in dem Lokal.... wieso hast du dich ausgerechnet zu mir an die Theke gesetzt und..."

"Ich musste das tun!", sagte sie beinah heftig. "Ich sah dich an der Theke und... es zog mich zu dir hin... ich weiß nicht, wieso und warum..."

"Ich kann ja alles, was du erzählst, irgendwie nachvollziehen. Amnesie. Gegenden erscheinen dir bekannt zu sein. Tief drin gespeicherte Erinnerungen, die an die Oberfläche drängen. So weit - ja. Aber... ich kenne

dich nicht. Ich könnte mich an dich erinnern. Glaube es mir... und... hier beginnt die Geschichte, sagen wir, ziemlich merkwürdig zu werden."
"Dann ergeht es dir so wie mir, denn... ganz gleich, was bisher irgendwann, irgendwo dieses Gefühl, dass mir etwas bekannt vorkäme, ausgelöst hat... es war noch nie ein Mensch. Und... "
Sie nahm mein Gesicht in ihre Hände, sah mir in die Augen...
"... und... ich habe vorhin im Wald nicht ganz die Wahrheit gesagt. Es war nicht so, dass... dass du mir bekannt vorkamst. Ich wusste genau, dass du ein Fremder warst, fremd wie alle anderen Menschen, denen ich seit damals begegnet bin, aber... es zog mich einfach hin zu dir."
Sie ließ mich los, stand auf und machte sich mit der Kaffeekanne zu schaffen.
"Vielleicht sehe ich jemandem ähnlich, den du einmal gekannt hast..."
"Vielleicht", sagte sie, und während sie mit der Kaffeekanne in Richtung Badezimmer verschwand, wo sich die einzige Wasserentnahmestelle befand, da ich in der Küche ja noch keine Spüle hatte, hörte ich leise, aber doch deutlich:
"Und wenn, dann muss ich ihn sehr geliebt haben!"

*

Sie, es, wer oder was es auch immer war, hatte mich überrollt wie eine Straßenwalze einen Frosch überrollt, der zur unrechten Zeit eine in Reparatur befindliche Straße überquert und als Fossil im Asphalt die künftigen Jahrzehnte überdauern wird.

Ich dachte nicht mehr an die längst fällige Miete, an die Stromrechnung, die sonstigen offenen Zahlungen - mein Hirn war wie leergefegt, einzig bewohnt von dem Gedanken, Anna Marias Mysterium zu lösen.

Ich wollte alles tun, um ihr zu helfen, hätte sie überall hin begleitet, doch sie konnte mich davon überzeugen, dass sie nur dann eine Chance hatte, wenn sie sich allein auf ihre Suche begab, all ihre Sinne darauf ausgerichtet, zu fühlen, zu erkennen, zu entdecken.

Während sie nun die Gegend durchstreifte, versuchte ich mich mit Arbeit abzulenken.

Ich hätte ein paar Artikel für ein Magazin zu schreiben gehabt, doch als ich dreimal begonnen und wieder abgebrochen hatte, weil mir die Konzentration fehlte, verspürte ich den Drang, über die Begegnung mit Anna Maria zu schreiben.

Ich fing damit an, wie ich sie kennen gelernt hatte, und jetzt huschten meine Finger nur so über die Tastatur. Ich schrieb nieder, was sich seither ereignet hatte, was ich dachte und was ich fühlte, und als die Geschichte in der unmittelbaren Gegenwart angekommen war, lehnte ich mich zurück und dachte nach.

Sollte ich zu diesem Zeitpunkt von der Wirklichkeit Abschied nehmen und den Fortgang der Geschichte erfinden? Oder sollte ich einfach warten, was weiter geschehen würde, und dann entscheiden?
Was konnte noch geschehen?
Würde Anna Maria ihr früheres Leben wieder finden?
Sie schien dem näher zu kommen; es fehlte vielleicht nur ein winziger Anstoß und alles, was sie vergessen hatte, wäre ihr mit einem Mal wieder gegenwärtig.
Was dann?
Ich klappte den Deckel meines Notebooks zu.
Ich würde erst einmal abwarten. Erfinden konnte ich jederzeit etwas, aber zuvor wollte ich die wahre Geschichte kennen. Die Wirklichkeit ist häufig spannender und überzeugender als eine noch so gut erdachte Fiktion; man muss nur gut von ihr zu erzählen wissen...
An diesem Punkt meiner Überlegungen kehrte Anna Maria von ihrem Ausflug in ihre mögliche Vergangenheit zurück
"Ich bin müde und hungrig", sagte sie und ließ sich auf die Couch fallen. "Aber es hat sich gelohnt, denke ich. Ich hatte noch nie zuvor so viele Ahnungen, was ein früheres Hiergewesensein anlangt. Es ist... als stünde ich kurz vor einem Durchbruch!"
"Das ist schön", sagte ich und setzte mich neben sie, als sie beide Arme nach mir ausstreckte.
"Du bringst mir Glück", sagte sie und küsste mich.
'Was ist Glück?', dachte ich.

War es es nicht auch Glück - Glück für mich -, dass ihre Suche sie hierher zu mir geführt hatte?
Wieder hatte ich so ein unbestimmtes Gefühl, ein Deja-vu zu erleben. Hatte ich nicht schon irgendwann einmal genau dasselbe wie jetzt gedacht? Oder hatte ich wie auf einer Zeitreise zufällig irgend wann einmal einen Blick in den heutigen Tag erhascht? War alles und jedes vorbestimmt und konnte man durch Zufall oder eben gerade eben als Vorbestimmung Zukünftiges irgend woher ablesen?
"Wir könnten uns eine Pizza bestellen", riss mich Anna Maria aus meinen Gedanken. "Ich war sehr sparsam mit meinem Taschengeld!"
Sie lächelte spitzbübisch, und einmal mehr strahlte sie eine Art jugendlicher Unbekümmertheit aus, die in den letzten Tagen mehr und mehr zum Vorschein kam.
"Du solltest doch ordentlich essen und trinken", sagte ich. "Wir werden keine Pizza bestellen, sondern im Lokal essen. Wir waren noch nie gemeinsam essen, weißt du das eigentlich?"
"Jetzt, wo du es sagst..."
"Ich hatte bisher auch noch nicht daran gedacht, aber... Eier mit Speck, Frühstück im Bett... ich denke, es wird uns gut tun, einmal an einem gedeckten Tisch zu sitzen und uns bedienen zu lassen!"
Ich wohnte direkt über einer Pizzeria, also mussten wir nicht einmal das Haus verlassen, um in das Lokal zu gelangen, denn es gab eine Hintertür zum Hausflur, durch

die die Gäste in den Gastgarten gelangten. Es hatte zu regnen begonnen; wir sahen es, als wir die Treppe nach unten kamen, also würden wir nicht im Garten, sondern in der Gaststube essen, und so betraten wir die Pizzeria durch den Hintereingang.
Ich hatte noch kein einziges Mal hier im Lokal gegessen, mir nur zwei oder drei Mal eine Pizza mit nach oben genommen, und ich fand es ein wenig eigenartig, direkt unter meinem Wohnzimmer zu sitzen und Pizza zu essen, aber Anna Marias Gegenwart ließ mich meine Gedanken schnell vergessen.
"Du beobachtest mich", sagte sie zwischen zwei Bissen.
"Ich sehe dich an - das ist nicht dasselbe!"
"Gut - du siehst mich an. Warum?"
"Nun.... weil ich dich einfach gern ansehe", sagte ich.
Sie war mit der Pizza fertig, hatte nur ein wenig vom härteren Rand übrig gelassen, und spülte mit einem Schluck Rotwein nach...
"Ich weiß von dir nicht mehr als du von mir", sagte sie dann. "Und du hast dein Gedächtnis nicht verloren, denke ich..."
"Ich würde dir gern mehr von mir erzählen, aber ich denke, es ist wichtiger, dass du dich auf deine Sache konzentrierst. Und was das Gedächtnis anlangt - ich kann mich an einiges nicht erinnern, das ich eigentlich wissen sollte", sagte ich, "aber das ist etwas ganz Anderes. Du hattest einen richtigen Unfall mit Kopfverletzungen, nehme

ich an. Ich habe lediglich einmal etwas sehr Unangenehmes verdrängt. Und das meiste davon ist später wieder zum Vorschein gekommen... "

"Ist das der Grund, warum du mir hilfst?", wollte sie wissen. "Weil du weißt, wie so etwas ist?"

Ich schüttelte den Kopf.

"Ich weiß doch erst seit ein paar Tagen davon... als wir im Wald waren... und... deine Situation ist viel schlimmer."

"Vielleicht", sagte sie, nahm einen weiteren Schluck vom Wein, dann überraschte sie mich.

"Ich hatte keine Kopfverletzung. Ich hatte überhaupt keine Verletzung. Man fand mich bewusstlos nicht weit von einem ausgebrannten Auto. Es gab keinen Fahrer, und es konnte nicht festgestellt werden, wer das Auto, ein Leihwagen, gemietet hatte. Das ist alles."

"Sehr merkwürdig", sagte ich.

Sie nickte.

"Du verstehst jetzt vielleicht besser, warum ich versuche, meine Vergangenheit zu finden."

Sie stand auf, ging langsam nach vor in den Schankraum, sah sich um, verschwand dann um eine Ecke, kam wieder zurück, sich immer noch nach allen Seiten umsehend, dann setzte sie sich wieder.

"Ich hätte gern noch ein Glas Wein", sagte sie und sah mich an.

Ich winkte dem Kellner, er nickte, als ich auf das Glas zeigte und zwei Finger hob, und nachdem er den

Nachschub gebracht und sich wieder entfernt hatte, sagte ich:
"Auf das, was wir lieben!"
Dann hob ich mein Glas.
"Ich weiß nicht, ob ich meine Mutter geliebt habe", sagte sie mit leicht abwesendem Blick. "Ich habe mich nie mit ihr verstanden. Ich wollte ihr immer alles Recht machen, doch das hat nicht funktioniert. Ich wollte so gern Friseuse werden, doch sie hat darauf bestanden, dass ich eine kaufmännische Schule besuche..."
Ich hielt mein Glas noch immer hoch, wartete, dass sie ihres ebenfalls heben würde, und langsam, ganz langsam sickerte in mein Bewusstsein, was sie eben gesagt hatte.
"Keiner meiner Freunde hat ihr gepasst", fuhr sie fort. "Sie wollte immer etwas Besseres für mich - und oft hatte sie Recht, aber das hätte ich nie und nimmer zugegeben..."
Ich stellte mein Glas vorsichtig auf den Tisch zurück. Anna Maria sprach von ihrer Mutter, als sähe sie sie vor sich, eine kleine, energische Frau, die für ihre Tochter nur das Beste wollte und ihr zu wenig von dem gab, was sie gebraucht hätte: Mutterliebe und Nestwarme.
Ich hörte zu, unterbrach mit keinem Wort, und Anna Maria redete und redete.
"Du hörst jetzt nicht auf mich, Christine", zitierte Anna Maria ihre Mutter, deren Tonfall imitierend, wie ich annahm, "aber eines Tages wirst du..."
Sie unterbrach sich, sah mich mit großen Augen an, dann

ergriff sie meine Hand und drückte sie so fest, dass es weh tat.
"Es ist.... es ist alles wieder da! Ich kann mich erinnern! Paul! Es ist alles wieder in meinem Kopf!"
Ich war so überwältigt von der Freude, diesen Moment mit ihr zu erleben, dass ich gerade nur ein einziges Wort herausbrachte: "Christine..."

*

Hätte sich Christine, die dann ja weiterhin Anna Maria geblieben wäre, nicht erinnert, wäre sie vielleicht noch eine oder gar zwei Wochen länger geblieben. Vielleicht wären ein, zwei oder gar drei Monate daraus geworden, doch nun, da sie ihr erstes Leben, wie sie es nannte, wieder gefunden hatte, musste sie erst einmal damit zurecht kommen.
"Ich habe noch nicht begriffen, was das in Wirklichkeit für mich bedeutet", sagte sie. "Ich muss erst lernen, mit jenem Leben umzugehen, herauszufinden, ob es mit meinem zweiten Leben verschmelzen kann, soll, oder muss. Ich kann jetzt nicht ein drittes Leben beginnen, so gern ich das auch wollte!"
Ihre Augen schimmerten feucht, oder erschien es mir nur so, weil über den meinen ein Schleier lag
Sie hatte mir viel aus dem wiederentdeckten Leben erzählt. Ich wusste, wann sie die Masern gehabt, mit

welcher Neugier sie ihren ersten Schultag erlebt, wie sie unter dem ständigen Kampf um die Zuneigung und das Verständnis ihrer Mutter gelitten und sie doch monatelang bis zu ihrem frühen Tod gepflegt hatte, und ich wusste, dass ich sie schon damals gern gekannt hätte.
Vielleicht wäre dann unser beider Leben völlig anders verlaufen...
Ich hätte sie jedenfalls nicht so wie ihre damalige "große Liebe" erst in die Scheiße geritten und dann im Stich gelassen. Es wäre wirklich alles völlig anders verlaufen...
Es hatte keinen Zweck, sie nach ihrem zweiten Leben zu fragen, denn sie hätte reichlich Zeit gehabt, mir davon zu erzählen - und sie hatte es nicht getan, aus welchem Grund auch immer.
"Kannst du mich verstehen, Paul?", fragte sie leise.
"Ja", sagte ich knapp; nur ein einziges Wort mehr und ich hätte losgeheult...
Selbstverständlich verstand ich sie.
Noch vor weniger als zwei Wochen hatte ich nicht gewusst, dass es sie gab, und sie hatte keine Ahnung gehabt, dass sie auf ihrer Suche über das Ersehnte hinaus etwas finden könnte, das etwas völlig Anderes, Neues sein würde.
Ich schneuzte mich...
"Was hast du nun vor?", fragte ich dann.
"Ich werde mein Ticket benutzen", sagte sie, und ihr Oberkörper schwankte ein wenig, als wüsste sie nicht, ob sie sich an mich lehnen oder von mir mehr Abstand

gewinnen wolle.
Ich nickte.
"Wann?"
Ich versuchte, mit Hilfe einer festen Stimme, die kurze, präzise Fragen stellte, den Anschein von Männlichkeit zu erwecken, doch wir wussten beide, dass ich dem, was unweigerlich kommen würde, nicht tapferer, gefasster oder mit weniger Traurigkeit gegenüber stand als sie.
"Uns bleiben noch drei volle Tage und Nächte", sagte sie. "Lass sie uns nicht verschwenden!"

*

Die erste der drei Nächte war alles andere als verschwendet.
Ein paar Stunden lang hatte ich das Gefühl, dass nicht Christine, nicht Anna Maria, als die ich sie in ihrem zweiten Leben kennen gelernt hatte, sondern eine noch Unbenannte in ihrem tatsächlich dritten Leben in meinen Armen lag.
Wilder Kampf und leise Zärtlichkeit wechselten einander ab, bis unsere Haut vom getrockneten Schweiß mit feinen Salzkristallen überzogen war und wir eng umschlungen einschliefen.
Irgendwann viel später fühlte ich ihre weichen Lippen an meiner Stirn, hörte ihre Stimme leise wie das Zwitschern der Vögel, das der Wind durch das geöffnete Fenster

herein wehte: ich komme wieder...
Ich drehte mich zur anderen Seite, und während ich darauf wartete, dass sie sich wieder an mich kuscheln würde, schlief ich wieder ein.
Das nächste Erwachen vollzog sich bei hellem Tageslicht. Meine Hand ertastete neben mir nur das leere Bett, und obwohl es nicht danach roch, richtete ich mich auf in der Hoffnung, Anna Maria Eier mit Speck bratend am Herd zu sehen, doch sie war nicht da.
Ich sprang aus dem Bett, stolperte über meine Schuhe, die neben dem Bett nichts zu suchen hatten, stürmte, immer noch um mein Gleichgewicht ringend, ins Badezimmer...
Nichts...
Drei volle Tage und Nächte...
Sie hatte mich belogen, wohl um sich und mir einen schrecklichen Countdown zu ersparen, das Zählen der Tage, Stunden und Minuten, bis der Moment gekommen war, der unweigerlich hätte kommen müssen...
Sie hatte mich belogen, um sinnlose Versuche, sie zum Bleiben zu bewegen, zu verhindern, vielleicht auch, um sich selbst davor zu bewahren, schwach zu werden...
Sie hatte mich belogen, weil ich sie liebte - und sie mich...
Ich klatschte mir ein paar Handvoll kaltes Wasser ins Gesicht, dann verließ ich das Badezimmer, briet mir Eier mit Speck, während der Kaffee in der Espressokanne zu blubbern begann, und ich wusste, dass mein Leben nie wieder so sein würde wie früher.

Es war alles so rasend schnell gegangen, dass ich erst jetzt zu begreifen begann, dass ich auf diese Liebe ein Leben lang gewartet hatte und dass nichts auf der Welt sie zum Erlöschen bringen würde.

Paul - was hast du denn erwartet? fragte ich mich

Genau das war der wunde Punkt.

Bis eben vorhin hatte ich nichts erwartet, hatte jeden Gedanken an später von mir weg geschoben, und jetzt, da ich nichts anderes tun konnte, als das Geschenk, das mir zuteil geworden war, dankbar anzunehmen, sollte ich mich mit der bloßen Vorstellung von enttäuschten Erwartungen quälen?

Es würde mir nicht helfen, nicht nützen...

Ich hatte doch längst geahnt, ja, gewusst, dass es so kommen würde: ein Abschied ohne Verabschiedung; erst im nachhinein wissen, welche Umarmung die letzte gewesen war, welchem Kuss kein weiterer folgen würde; wie ein plötzlicher, unerwarteter Tod, der keine Angst zuvor, nur den Schmerz danach spüren lässt...

Ich konnte nur eines tun: die Leere, die sich in mir ausbreitete, mit der Erinnerung auffüllen und mit der Hoffnung, dass wir einander wieder begegnen könnten, wenn dereinst der gelbrote Mangomond wie ein Lampion über dem Horizont schweben würde...

Die Gabelung

I

Ein schrilles Quietschen der im Profil der Reifen zusammen gepressten Luft war das hörbare Zeichen, dass ein schwerer Wagen brutal zum Stillstand gebracht wurde, zwei breite schwarze Streifen auf dem Asphalt wären das sichtbare gewesen, hätte man in der Finsternis, die alles umhüllte, auch nur das geringste sehen können. Nur vor dem Auto fraß sich das grelle blauweiße Licht der Scheinwerfer durch die Nacht, und Konrad Meller rieb sich hinter dem Steuer die Augen, ehe er den Blick erneut nach vorn richtete und ungläubig den Kopf schüttelte.
Wohl tausend Mal war er diese Strecke schon gefahren, manchmal frohgelaunt, weil er gute Geschäfte gemacht hatte, oft missmutig, weil nichts so gelaufen war, wie er das gehofft hatte, doch zum ersten Mal bemerkte er, dass sich hier, mitten im Hoferdinger Wald, die Straße gabelte!
„Das gibt es doch nicht...", murmelte er. „...daSS mir das noch nie aufgefallen ist...?"
Er schob den Hebel der Gangschaltung nach vor und wollte wieder losfahren, als er plötzlich inne hielt. Er war doch sonst immer nur geradeaus gefahren, oder etwa nicht? Aber da hatte er auch noch keine Gabelung gesehen – war er nicht doch eher nach links gefahren? Aber ja doch! Gummelsbach lag im Südwesten, und Südwesten war

links!
Konrad ließ die Kupplung kommen und drehte das Steuer nach links. Dann trat er wieder auf das Bremspedal. Hatte er nicht eben vorhin eine scharfe Linkskurve durchfahren? Dann würde die linke Straße doch wohl eher nach Osten weisen – die rechte führte nach Südwesten! Ja, die Rechte! Er ließ den Wagen ein paar Meter zurückrollen, schlug dann scharf rechts ein und fuhr los.
Nein! Es war eine Rechtskurve gewesen und davor eine Linkskurve - also könnte doch die mittlere Straße...
Er fuhr an den Straßenrand, griff nach der Straßenkarte in der Türablage; im Außendienst war sie ein unverzichtbares Requisit, wenn man sich keinen dieser modernen satellitenüberwachten Navigations-computer leisten konnte, die einem auf Knopfdruck die genaue Strecke zum Beispiel von Hinterhausen nach Simmelkam auf einem kleinen Bildschirm zeigten. Er schlug die Karte mit einem Griff an der richtigen Stelle auf - Kunststück – kaum fünfzehn Kilometer von daheim...
Im schwachen Licht der Innenraumleuchte, die ihren Namen kaum verdiente, suchte er mit zusammen gekniffenen Augen die Stelle, an der er sich eben befand.
„Da brauche ich doch tatsächlich meine Lesebrille!", sagte er halblaut und holte sie aus seiner Brusttasche, setzte sie sich auf die Nase und sah erneut auf die Karte. Da war Helmsberg, der letzte Ort vor dem Hoferdinger Wald, da die Straße, die er entlanggefahren war, und dort drüben

war Gummelsbach, gleich hinter Zahlfelden und Steigendorf – und dazwischen keine einzige Abzweigung, keine Kreuzung, keine Gabelung!

„Ich muß mich total verfahren haben! Wo bin ich denn nun wirklich?"

Jetzt redete er schon ziemlich laut mit sich selbst und bemerkte zum ersten Mal, dass er Angst hatte. Er stand nun wohl schon zehn Minuten da und kein einziger Wagen war an ihm vorbeigekommen, obwohl die Straße normalerweise auch um diese Tageszeit noch recht stark befahren war, war dies doch die Hauptstrecke zwischen Neustadt und Kaltenburg, den Kreishauptstädten der beiden benachbarten Bezirke.

Er atmete ein paarmal tief durch, dann blickte er erneut auf die Karte.

„Wenn ich irgendwo falsch gefahren bin, muß ich doch diese Gabelung auf der Karte finden!", sagte er sich mit Zuversicht. „So eine Stelle ist bestimmt nicht oft zu finden!"

Sie war überhaupt nicht zu finden. Er suchte sogar auf den Seiten, die das Gebiet rund um das, in dem er sich eigentlich befinden musste, zeigten – ohne Erfolg! Es gab einfach nirgendwo eine Stelle, an der eine Straße sich in drei verzweigte, und der Hoferdinger Wald war im Umkreis von gut dreißig Kilometern das einzige größere Waldgebiet, das in Frage kam; sonst waren überall nur Felder, die sich über sanfte Hügel hinzogen, mit ein paar Baumgruppen darin, Wiesen und Weiden, und so weit konnte er nicht von seiner Route abgekommen sein, dass dies der Speilinger Forst hätte sein können!

Sicherheitshalber durchsuchte er auf der Karte den Speilinger Forst nach einer Gabelung, doch auch dort führte nur eine einzige Straße durch, noch dazu fast schnurgerade.

Seine Karte war in Ordnung; er hatte sie erst gekauft, als er vor einem Jahr in die Gegend gezogen war. Zuvor hatte er in Pelsenach gelebt und keine Straßenkarte gebraucht, da er kaum aus dem Städtchen hinauskam; er hatte einen kleinen Buchladen geführt, den er nach Jahren immer geringer werdenden Umsatzes endlich schloß um für einen Verlag im Außendienst zu arbeiten. Er hatte einen fixen Grundgehalt und bekam Provisionen, und eigentlich lief das Geschäft nicht schlecht – besser jedenfalls als der Buchladen...

An der Karte konnte es also auch nicht liegen...

Konrad stieg aus dem Wagen aus und hoffte so irgend einen Hinweis zu entdecken, welche der drei Straßen nun nach Gummelsbach führte, doch er sah nichts, was er nicht schon durch die Windschutzscheibe gesehen hatte. Dafür beschlich ihn ein schnell stärker werdendes Gefühl, dass er beobachtet wurde. Er drehte sich um, doch da waren nur Finsternis und die schwarzen Silhouetten der Baumwipfel gegen den helleren Nachthimmel. Er wandte sich wieder dem Wagen zu um einzusteigen, und da fuhr es ihm eiskalt über den Rücken – vor ihm stand eine dunkle Gestalt, ein alter Mann mit langem weißem Haar und einem ebensolchen Bart, gekleidet in mehrere Schichten von Lumpen, wie es aussah, gestützt auf einen langen knorrigen Stab.

„Wähle gut und mit Bedacht", sagte der Alte leise, doch erstaunlich deutlich.

„Und wisse: den Weg, den du suchst, findest du nirgendwo als in dir selbst!"

Konrad riss die Augen auf, doch da, wo eben noch der Alte gestanden hatte, war niemand mehr zu sehen; der Spuk – und es konnte nur ein Spuk sein, der ihn da genarrt hatte – war vorbei.

„Kein Wunder, dass ich schon Gespenster sehe", murmelte er und öffnete die Wagentür. „Ich bin hundemüde!"

Er setzte sich in den Wagen, gurtete sich an, als wäre er fest entschlossen weiterzufahren, auch wenn er nicht wusste, wohin, doch als er die Hand zum Zündschlüssel bewegen wollte, gehorchte sie ihm nicht. Die Linke ließ sich noch bewegen, aber nur bis zum Schalter für das Abblendlicht, den sie betätigte, und als auch der Bereich von Wald, Straße und Gabelung, der bisher hell erleuchtet gewesen war, in Dunkelheit versank, merkte er, dass seine Lider schwer wie Blei waren.

„Ich muß nach Hause", murmelte er. „Ich kann doch nicht... hier im Wald..."

Und seine Augen fielen zu.

II

„Bis morgen dann", sagte Karin Meller, als sie sah, wie Konrads Wagen in die Auffahrt zur Garage einbog. Sie drückte auf den Aus-Knopf des Mobiltelefons und legte es dann mit einer beinahe zärtlichen Geste beiseite. Sie band ihre Küchenschürze los und empfing ihren Mann in der Diele.

„Hallo, Schatz!", sagte sie und küßte ihn auf die Wange. „Wie waren die Geschäfte heute?"

„Nicht so übel!", sagte Konrad. „Allmählich denke ich, dass es wirklich nicht so schlecht war, sich von dem Laden zu trennen und etwas Neues anzufangen!"

„Nicht so schlecht?", sagte Karin scharf und milderte dann sofort ihren Tonfall, als sie merkte, wie er zusammenzuckte. „Es war das einzig Richtige, mein Schatz, das weißt du doch!"

Er nickte und hängte seine Jacke an die Garderobe. Das einzig Richtige...

Nie hätte er seinen Laden aufgegeben, wäre ihm Karin nicht andauernd damit in den Ohren gelegen: Die Unkosten fressen uns auf; wer kauft denn heutzutage noch Bücher, noch dazu hier, in der allerletzten Provinzstadt, wo alle, die lesen und schreiben können, zumindest in die

Kreishauptstadt abwandern; was du da hast, ist eine bessere Romanschwem-me für alte Weiber, die ihre Arztromane umtauschen wollen; ich möchte mir auch einmal einen Urlaub leisten können, nicht bloß ein Glas sauren Weines darauf trinken, dass wir es wieder einmal geschafft haben, drei Rechnungen zu bezahlen, drei von dreißig; und so fort...

Naja, sie hatte schon recht – das war wirklich kein Leben für eine junge Frau; er sollte froh sein, dass er sie hatte und nicht um den schäbigen Laden jammern; wie sollten sie denn wirklich fortkommen, wenn sie vielleicht einmal zu dreien sein würden? Und sie wollte ein Kind! Sie wollte es so intensiv, dass er schon das Gefühl hatte, überflüssig zu werden, wenn es erst einmal da wäre. Vor einigen Jahren hätte sie beinahe ein Kind bekommen, aber nur beinahe; es schien fast, als hätte ihnen das Schicksal einen bösen Streich spielen wollen, denn seit der Eileiterschwangerschaft hatte sich absolut nichts mehr getan in dieser Hinsicht, obwohl sie es wirklich versucht hatten.

Karin hatte gekocht und auch bereits den Tisch gedeckt, und so setzten sie sich an den kleinen Esstisch in der Küche und aßen. Tatsächlich aß nur Konrad, denn Karin stocherte mehr im Essen herum als sie die Gabel zum Mund führte, und irgendwann fiel es Konrad auf.

„Was ist mit dir? Hast du keinen Appetit? Bist du etwa krank?"

Normalerweise war Karin schneller als er, und sie konnte ordentlich zulangen, was man unschwer an den Hüften und am Bauch erkennen konnte, wenngleich sie noch immer eine hübsche Figur hatte und keineswegs als dick zu bezeichnen war, aber sie hatte in den fünf Jahren, die Konrad sie kannte, doch ganz schön zugelegt - wie er selbst auch.

„Ich muß dir etwas sagen!", sagte sie.

Unwillkürlich dachte Konrad, dass sie ihm jetzt eröffnen würde, dass es doch endlich geklappt hätte mit einem Baby. Er ließ seine Gabel sinken und begann sich auszumalen, was das für die Zukunft bedeuten würde, als ihre Stimme zu ihm durchdrang.

„Hörst du mir überhaupt zu? Ich sagte, ich habe mich verliebt! Es... tut mir leid - ich wollte das nicht, aber... es ist nun einmal passiert!"

Konrad war zumute, als hätte ihn jemand aus einem Traum gerissen und er wisse nun nicht mehr, ob es ein schöner oder ein hässlicher Traum gewesen sei.

„Verliebt...", sagte er und legte sein Essbesteck auf den Teller.

„Was sagst du nun?", fragte Karin, und Konrad wusste nicht, was er sagen sollte, denn er wusste noch nicht einmal, ob er richtig gehört hatte.

„So sag doch etwas! Schimpf mit mir, schrei mit mir! Setz mich auf die Straße oder schlag mich wenigstens! Aber sitz nicht einfach so da und tu so scheinheilig, so

verständnisvoll, so tolerant - ich halte das nicht mehr aus!"
Konrad hielt sich nicht für scheinheilig, und dass er verständnisvoll und tolerant war, hatte Karin doch immer an ihm bewundert - und was hätte es gebracht, wenn er ihr zu Gefallen geschrien und getobt hätte? Hätte er jemals eine Frau schlagen können? Wo sollte sie denn hin, wenn er sie auf die Straße setzte?
„Du hast dich also verliebt", sagte er und bemühte sich ein aufkeimendes Schluchzen zu unterdrücken.
"Ja!", sagte sie. „In meine Brieffreundin!"
Nun wusste Konrad überhaupt nicht mehr, was er denken sollte...
„Ich meine... du dachtest, ich hätte eine Brieffreundin, aber... zuerst wusste ich es ja selbst nicht, aber... es war keine Frau, sondern ein Mann, mit dem ich all diese Briefe in den letzten Monaten wechselte, und... er ist dir so ähnlich und auch wieder nicht... ach, ich weiß nicht...!"
„Du hast dich also in schöne Worte auf edlem Papier verliebt? In das, was dir jemand schreibt, in das, was er dir womöglich nur vormacht - worauf du hereinfällst?"
„Ich habe ihn schon ein paar Mal... getroffen", sagte Karin leise. „Wenn du über Nacht in irgendeinem verlorenen Kaff bleiben musstest und mir hier die Decke auf den Kopf fiel!"
Nun hätte Konrad wirklich am liebsten geschrieen, aber es war nun mal nicht seine Art, auf diese Weise seiner Wut, seiner Enttäuschung und seinem Schmerz Ausdruck zu

verleihen oder sich Luft zu machen.
„Und nun...?", fragte er statt dessen.
„Ich weiß nicht", sagte Karin ein wenig kleinlaut, was seiner Erfahrung nach dafür sprach, dass sie ein ziemlich schlechtes Gewissen haben musste.
„Ach, Konrad! Was soll ich bloß tun?"
Er hätte sie am liebsten in den Arm genommen und getröstet, aber vielleicht wollte sie ja nicht mehr, dass er sie zärtlich berührte, nachdem ein anderer das getan hatte, also hielt er sich zurück und sagte nur:
„Nun sei nicht traurig, mein Schatz! Wir kriegen das schon hin!"
Erst am nächsten Tag, als er wie gewohnt in seinem Wagen saß und das Haus aus dem Blickfeld des Rückspiegels verschwunden war, konnte er seinen Gefühlen freien Lauf lassen. Er ließ das Schluchzen heraus und die Tränen, und nun, da ihn niemand hören konnte, schrie er seine Wut und seine Enttäuschung hinaus, und dass er wusste, dass ein Teil der Schuld an ihm lag, machte es noch schlimmer.
Wie hatte er nur so blind sein können, die vielen kleinen Zeichen, die sie ihm gegeben hatte, übersehen können? Sicher – er hatte gewusst, dass sie nicht mehr so glücklich waren wie am Anfang, aber das hätte sich doch wieder eingerenkt, oder etwa nicht? Es brauchte doch nur ein wenig Zeit und Geduld, und dann käme schon wieder alles ins Lot!

Und nun wusste er, dass er sich geirrt hatte.
Er hielt den Wagen an und stieg aus. Ohne wirklich zu wissen, wohin er fuhr, hatte er den Wagen nach Pelsenach gelenkt, und nun stand er genau gegenüber von dem Haus, in dem er bis vor einem Jahr seinen Buchladen gehabt hatte. Zum ersten Mal sah er, was sie daraus gemacht hatten: die Holzläden, die er jeden Abend zugeklappt hatte, gab es nicht mehr, weil es auch die kleinen Schaufenster, die eher Gucklöcher in die mystisch-mythische Welt der Literatur gewesen waren, nicht mehr gab – dafür spannten sich zu beiden Seiten eines protzigen Portals riesige Scheiben, die nichts verbargen, keine geheimen bibliophilen Schätze versprachen, sondern neonbeleuchtet-marktschreierisch der ganzen Welt zeigten, dass es hier die neuesten Videofilme und Computerspiele zu kaufen und zu leihen gab, von 0 – 24 Uhr, sieben Tage die Woche...
Konrad taumelte auf die Neonfalle zu wie ein Falter auf eine heiße Glühbirne, doch er verbrannte nicht daran, sondern er übergab sich - beinahe diskret – an der linken unteren Ecke des Schaufensters, und da er nicht gefrühstückt hatte, war nicht weiter erwähnenswert, welche Spuren er hinterließ, als er mit gesenktem Kopf an der Wand entlang um die Ecke eilte, hoffend, dass ihn niemand gesehen oder gar erkannt hatte.
„Das ist nicht mehr meine Welt", dachte er. „Das ist nicht mehr mein Leben! Ich muß gestorben sein, und das ist die

Hölle!"
In der Hölle gab es Kaffeehäuser, und in einem davon fand er sich wieder bei einem kräftigen Mokka und einem ebenso kräftigen Cognac.
„Prost, Konrad!", sagte er und nippte an dem Glas mit der scharfen, goldbraunen Flüssigkeit. Er hatte schon Ewigkeiten keinen Cognac mehr getrunken, aber diesen hier brauchte er, und es gelang ihm sogar, ihn in kleinen Schlucken zu genießen, ehe er mit dem schwarzen Kaffee nachspülte. Konrad hatte genügend Geld bei sich; es wäre ihm ein Leichtes gewesen, noch einen und noch einen zu bestellen und so lange weiterzumachen, bis seine Börse oder sein Bewusstsein erschöpft waren, doch das war nicht seine Art.
„Ich bin ein Schlappschwanz!", murmelte er. „Ich kann nicht schreien, nicht toben, kann meine Frau nicht schlagen, und ich kann mich nicht einmal betrinken! Jeder kann das, bloß ich nicht"
Er zahlte und verließ das Lokal. Er war jetzt wieder ruhig genug, um zu seinem Wagen zurückzukehren, und nüchtern genug, um damit wegzufahren. Er wusste nicht, wohin er wollte – arbeiten konnte er heute nicht, das stand fest, aber irgendwohin musste er, denn Pelsenach war nicht gut für ihn, das stand fest.
Konrad verbrachte den Rest des Tages damit, seine übliche Dienstagsroute abzufahren, allerdings machte er einen Bogen um die nähere Umgebung der Kunden, die er hätte

besuchen sollen. Er achtete kaum auf die Straßen, die er entlang fuhr, sondern dachte nach. Was sollte, was konnte er tun? Hatte er eine Chance, Karin zurückzugewinnen? Konnte er ihr irgend etwas versprechen, das er würde halten können? Was konnte er ihr bieten, das mehr wert war als schöne Worte auf edlem Papier, da er doch am besten wusste, welche Macht in Worten steckte – er war ja nicht zufällig Buchhändler geworden -, und wie konnte man mit noch so ernst gemeinten Versprechungen jungem, frischem Verliebtsein Paroli bieten?
Er merkte kaum, dass er bei Anbruch der Dunkelheit in den Hoferdinger Wald einfuhr wie an jedem Dienstag; es war der übliche Weg nach Hause...
„Nach Hause...", sagte er halblaut. „Bin ich da überhaupt noch zu Hause? War ich da jemals wirklich zu Hause?"
Er musste abwarten. Er konnte jetzt nichts tun, nichts, was nicht vielleicht genau das Falsche gewesen wäre, also konnte er nur abwarten. Vielleicht würde ein Wunder geschehen, ein ganz kleines wenigstens, vielleicht würde sich ihm oder Karin oder ihnen beiden etwas offenbaren, das alle Probleme löste – oder vielleicht würde gar nichts geschehen und Karin würde weggehen und mit diesem Buchstabencasanova in Dingsda oder Sonstwo ein neues Leben beginnen...
Er riss die Augen auf und trat auf die Bremse.
„Kein Wunder, dass ich nichts mehr sehen kann – ich fahre noch immer ohne Licht!", sagte sich Konrad und schaltete

das Abblendlicht ein, doch auch im grellen blauweißen Licht der Scheinwerfer sah er, dass ihn nicht die Dunkelheit getäuscht hatte, nicht seine geröteten, verschwollenen Augen, sondern dass da vor ihm tatsächlich nicht nur eine Straße weiterführte, sondern deren drei – er befand sich an einer Gabelung, die ihm noch nie aufgefallen war, obwohl er seit Monaten jede Woche zweimal hier durchkam.

„Jetzt habe ich mich doch tatsächlich verfahren!", sagte er zu sich und griff nach der Straßenkarte in der Türablage – sie war nicht an ihrem Platz! Konrad betätigte den Schalter der Innenraumbeleuchtung, um die Karte zu suchen, doch es blieb dunkel – die Lampe mußte kaputt sein.

„Die Taschenlampe im Kofferraum!", sagte Konrad und stieg aus dem Wagen. Das Schloß klemmte, der Deckel ließ sich nicht öffnen, und Konrad schlug mit der flachen Hand aufs kalte Blech. Es gab kein blechern-klatschendes Geräusch, sondern es klang wie ferner Donner, und als Konrad verwundert den Blick hob, sah er eine Gestalt neben dem Wagen stehen, einen alten Mann, in Lumpen gehüllt, mit weißem Haar und einem langen weißen Bart, auf einen knorrigen Stab gestützt.

„Ich sagte es dir schon einmal: den Weg, den du suchst, findest du nirgendwo als in dir selbst!", sagte der Alte, und wenngleich er gewissermaßen mit einem Donnerschlag erschienen war, so gestaltete sich sein plötzliches Verschwinden völlig lautlos.

Konrad stand eine ganze Weile da und wusste nicht, ob er wirklich etwas gesehen und gehört hatte, oder ob ihm seine Phantasie, die er den ganzen Tag über strapaziert hatte, nicht endlich einen Streich spielte; dann entschied er sich dafür, wieder in den Wagen zu steigen und die Karte ohne Taschenlampe zu suchen. Er setzte sich auf den Fahrersitz, dachte noch: Wo fange ich mit Suchen an? Dann befiel ihn plötzlich bleierne Müdigkeit, seine Augen fielen zu, und er murmelte:
„ Was soll´s? Auf mich wartet heute ohnedies niemand..."
Und er schlief ein.

III

Konrad Meller pfiff fröhlich eine Melodie vor sich hin, als er den Hoferdinger Wald und den Ort Zahlfelden hinter sich gelassen hatte und eben auf Steigendorf zufuhr, die letzte Ortschaft vor Gummelsbach.
„Nur noch fünf Minuten, dann bin ich bei dir, mein Schatz!", sang er übermütig. Heute kam Claudia von ihrer Tournee zurück, und nach drei langen Monaten würde er sie wieder in die Arme nehmen und den Duft ihres Haares atmen können! Drei lange Monate! Aber jetzt würden sie alle Zeit der Welt für sich haben...
So, jetzt war er durch Steigendorf durch; nur noch zwei Kilometer bis zu dem neuen Haus am Ortsrand, das er

gekauft hatte, um sich und Claudia einen wirklich neuen Anfang zu ermöglichen...

Karin war vor einem halben Jahr weggezogen, obwohl er ihr das alte Haus gelassen hatte – sie hatten es sich seinerzeit wirklich hart verdient gehabt -, aber sie ertrüge es nicht, so dicht am jungen Glück zu wohnen, wie sie sarkastisch meinte, als er fragte, warum sie nicht bleiben wolle.

Nun, er konnte sie schon verstehen – ihm wäre es wohl auch nicht anders ergangen an ihrer Stelle, aber so war es nun einmal gelaufen: er hatte sich Hals über Kopf in diese junge, talentierte Pianistin verliebt, er war spontan zu ihr in ihre kleine, kuschelige Wohnung gezogen, und Karin hatte ihn einfach viel zu sehr geliebt, um sich einer Scheidung zu widersetzen, als er sie darum bat.

Nichts gegen Karin – Gott bewahre! -, aber mit Claudia hatte für ihn ein neues Leben begonnen! Alles war so anders, so frisch, lebendig und unbeschwert, und sie hatte ihn nicht nur dazu inspiriert, sondern ihn auch noch darin kräftig unterstützt, endlich seinen Traum zu verwirklichen: er wollte einen großen Roman schreiben!

Und er hatte ihn geschrieben, und es war der Deutsche Roman des Jahres geworden! Die erste Auflage hatte schon das neue Haus finanziert, die zweite Claudias Studium, das zuvor ziemlich ins Stocken geraten war, und die Filmrechte, um die sich bereits zwei große Firmen bewarben – man würde sehen, was man damit anfangen

konnte...
Er bog in die Auffahrt ein und sein Herz hüpfte vor Freude, denn da stand Claudias Wagen – sie war schon da! Er hielt dicht dahinter an und stieg aus. Vom Haus her erklang Klavierspiel, und er nahm zwei Stufen der kurzen Treppe auf einmal, als er hinaufeilte. Ja, sie konnte Klavier spielen – und sie hatte den tollsten Hintern, den er je gesehen hatte!
Konrad riß die Haustür auf und stürmte in den Salon, wo der Flügel stand. Er wusste, er würde Claudia davor sitzen und spielen sehen, und so war es auch, aber als er geräuschvoll eintrat, beendete sie ihr Spiel so abrupt, dass seine Schritte auf dem spiegelblanken Parkettboden hallten wie in einer Kirche, ehe er verunsichert stehen blieb. Claudia war nicht allen; seitlich am Klavier lehnte ein Mann, der bisher sichtlich fasziniert zugehört hatte und der sich nun aufrichtete und ihm zuwandte, genau wie Claudia.
„Konrad – wie schön, dass du da bist!", sagte Claudia und erhob sich von ihrer Klavierbank, schwebte ihm entgegen und umarmte ihn. Genau auf diesen Augenblick hatte Konrad seit drei Monaten gewartet, und jetzt war er entweiht durch die Anwesenheit eines Fremden!
„Konrad, darf ich dich mit James bekannt machen...", sagte Claudia, und den Rest hörte er nur noch, als hätte er Wattebauschen in den Ohren und jemand stopfte immer noch mehr und mehr Watte hinein. Er verstand Worte wie Paris, New York, Rom und Sidney, hörte sich selbst

ebenfalls ab und zu etwas sagen, das er genauso wenig verstand wie alles Andere, und dann schüttelte er James die Hand; Claudia umarmte ihn, und zuletzt stand er draußen vor dem Haus und sah dem kleinen roten Sportwagen nach, in dem Claudia in die weite Welt hinausfuhr, die für ihn selbst viel zu weit war...

Konrad ging ins Haus zurück; der Flügel war noch offen, so, als würde Claudia jeden Moment hereinkommen und Chopin die Ehre erweisen, sein Stück zu Ende zu spielen, doch Konrad wusste, dass sie vielleicht das Prelude wieder spielen würde, dann sogar zu Ende, aber nie wieder auf diesem Klavier.

„Scheiße!", sagte er leise und ohne die Kraft, die diesem Ausdruck eigentlich gebührte; er fühlte sich sehr schwach...

Konrad hatte immer gewusst, dass dieser Moment kommen würde – sie beide hatten es gewusst, und es war ihm klar gewesen, dass es nicht leicht werden würde, obwohl er es ihr gegenüber nie zugab. Er wollte sie für sich gewinnen, und das konnte ihm nur gelingen, wenn er akzeptierte, dass sie ihr eigenes Leben führte, ihren eigenen Weg ging, besonders dann, wenn ihr Weg von dem seinen abzweigte, was sich eben vorhin vollzogen hatte.

Er ließ sich in den Fauteuil fallen, in dem er so oft – doch immer noch viel zu selten – gesessen und ihrem Spiel gelauscht hatte, ob sie nun übte oder ihm eine kleine

Privatvorstellung gab; er schloß die Augen und erlebte völlig realistisch, plastisch und klar jene entscheidende Szene in ihrer beider Leben noch einmal...

„Du weißt, dass ich mich nicht binden kann", sagte Claudia. Sie trug Jeans und ein ärmelloses T-Shirt, hatte ihr Haar zu einem Pferdeschwanz gebunden und sah aus wie ein Schulmädchen nach der Turnstunde, erhitzt, verschwitzt und dennoch frisch wie eine Nixe, die eben aus dem Meer stieg.

„Natürlich weiß ich das – und das sollst du ja auch nicht!", sagte Konrad. „Binden ist kein gutes Wort – es klingt so nach Fesselung, nach Knebelung... und du weißt ganz genau, dass ich dich nie an mich fesseln würde! Ich möchte einfach jeden Tag, jede Stunde mit dir genießen, so lange wie es eben dauert! Und dann... wenn es vorbei ist, habe ich... haben wir..."

Ihn überkam ein würgendes Gefühl, weil er wusste, dass er log. Er musste lügen, denn hätte er ihr gestanden, dass sich für ihn die Welt nur noch drehte, weil es *sie* gab und dass sie damit aufhören würde, wenn *sie* fortging, hätten sie nicht einmal diese kleine Chance auf eine begrenzte Zeitspanne gemeinsamen Glücks.

„...haben wir eine schöne gemeinsame Zeit erlebt, die uns immer bleiben wird, was immer auch geschehen mag!", vollendete Claudia seinen Satz. Oh ja – sie verstanden einander wunderbar...

Für Konrad war es genau die Liebe auf den ersten Blick

gewesen, über die man im allgemeinen nur milde lächelte, als sie einen Monat zuvor zu ihm in den Buchladen kam, auf der Suche nach einem Nebenjob, um ihr Klavierstudium zu finanzieren. Er konnte es sich gar nicht leisten, jemanden einzustellen, aber er gab ihr den Job auf der Stelle – was für einen Job überhaupt? -, denn er wusste, dass er sie nicht aus dem Laden gehen lassen konnte ohne sicher zu sein, dass sie wiederkäme. Irgendwie würde er das schon finanzieren...

Und dann arbeitete sie an seiner Seite, half ihm Ordnung in seine verstaubten, vernachlässigten Regale zu bringen, und als sie sein Manuskript entdeckte, das er beinahe schon vergessen hatte, drängte sie ihn dazu weiterzuschreiben – und plötzlich konnte er es! Er war voller Ideen, war inspiriert wie nie zuvor, und als er eines Tages sagte: „So – fertig!", nahm sie das Manuskript, steckte es in einen großen Umschlag und verschwand damit. Er fragte sie nicht, was sie damit gemacht hatte und sie sagte nichts, doch drei Wochen später kam ein Brief von einem großen Verlagshaus...

Es war alles so schnell, so leicht gegangen; sein Roman wurde veröffentlicht, Claudia nahm ihn in ihrer kleinen Wohnung auf, bis er die Sache mit seiner Frau geklärt hätte, und dann zogen sie gemeinsam in das neue Haus um. Claudia übte und lernte, und dann spielte sie ein paar kleinere Konzerte; Konrad saß jedes Mal in der ersten Reihe und konnte sein Glück kaum fassen. Dann kam das

Angebot für eine kleine Tournee durch mehrere Kreishauptstädte, und sogar in ein paar Kleinstädten im benachbarten Ausland sollte sie spielen – das bedeutete eine Trennung für etwa zwei Monate. Es schmerzte ein wenig, aber bei beiden überwog die Freude darüber, dass endlich auch sie auf ihrem Weg vorankam- und nachher würde doch alles noch viel schöner werden...
Konrad erhob sich aus dem Fauteuil, in dem er soeben innerhalb weniger Minuten die Freuden eines ganzen Jahres nacherlebt hatte, und als er das Haus verließ, lastete das Leid der letzten halben Stunde so schwer auf seinen Schultern, dass er wusste, er würde sich nie wieder aufrichten können.
Er hatte kein Ziel, aber er fuhr und fuhr durch die Gegend, bis es dunkel wurde, und als er in den Hoferdinger Wald kam, schaltete er ganz automatisch das Abblendlicht ein. Und dann sah er, dass sich vor ihm die Straße gabelte wie Neptuns Dreizack...

IV

Beinahe wäre Konrad Meller falsch abgebogen.
„Ich bin ein Idiot – heute ist doch Dienstag!", sagte er zu sich und schwang das Lenkrad herum. Dienstags fuhr er doch nie nach Gummelsbach, ebensowenig donnerstags, und manchmal fand er sogar an einem Samstag oder

Sonntag einen Grund zum Wegbleiben.
Karin, Konrads Frau, hatte sich an diese Routine gewöhnt und fand daran nichts Merkwürdiges, war er doch befördert worden und hatte zu seinem früheren Rayon noch zwei weitere sozusagen als verantwortlicher Gruppenleiter dazu bekommen; das hieß eben, dass er weit fahren und entweder in Sparsenhausen oder Berglern übernachten musste, wo es gemütliche Gasthäuser mit billigen aber hübschen Zimmern gab.
Sie wäre nie auf den Gedanken gekommen, dass er kaum fünf Kilometer von ihr entfernt übernachtete: in Schrempfberg an der Kachel...
In Schrempfberg wartete Claudia Waldner auf ihren Freund Konrad. Sie hatte schon Tee aufgesetzt und Brötchen, Butter und Frischkäse vorbereitet; Konrad musste jeden Moment ankommen – er war immer pünktlich wie die Uhr. Einerseits gefiel ihr das, denn es zeigte, dass auf ihn Verlass war, anderseits empfand sie Pünktlichkeit als etwas Spießiges; man durfte sich nicht von den Konventionen abhängig machen, besonders nicht als Künstler, sonst fuhr man sich fest, und welcher Künstler war schon pünktlich?
Vielleicht waren Schriftsteller da anders als Musiker, dachte Claudia. Immerhin mussten sie andauernd scharf nachdenken, jedes Wort, gesprochen wie geschrieben, auf die Waagschale legen und seinen Wert, seine Kraft, seine Schönheit abwägen – das erforderte Genauigkeit, ja Präzision, doch Musiker brauchten diese nur zum Erlernen

ihres Instrumentes; wenn sie es einmal beherrschten, kam es auf die Kraft des Ausdruckes, die Stärke der Emotion an, und welcher Zuhörer fragte nach Präzision, wenn er gebannt war von der Emotion, die von der Bühne her auf ihn übersprang?

Claudia würde keine klassische Pianistin werden, das wusste sie schon, seit sie zum ersten Mal „Hänschen klein" gespielt hatte, mit zwei kurzen, dicken Fingern; sie lebte und spielte den Blues, auch wenn es ihr nicht bewusst war, auch wenn sie andere Namen dafür hatte - was bedeuteten schon Namen, Bezeichnungen, Kategorien? Das waren doch nur staubige Schubladen!

Konrad fuhr die letzten Kilometer zu Claudias Haus mit gemischten Gefühlen, so wie er neuerdings mit den gleichen gemischten Gefühlen zu Karin nach Hause fuhr. Er fühlte sich weniger und weniger wohl in seiner Haut, obwohl es nichts gab, worüber er sich hätte beklagen müssen: er hatte eine Frau, die ihn liebte, er hatte eine Geliebte, die ihn liebte, und jede war von der anderen gerade so verschieden, dass ihm beide gefielen und dass er doch bei jeder etwas fand, das die andere nicht hatte.

Aber er lebte mit Lügen...

Am Anfang war es ganz leicht gewesen. Er hatte Claudia kennen gelernt und sich sofort in sie verliebt - und sie sich in ihn. Er war eigentlich nur zufällig in diese Künstlerkneipe geraten, doch die Atmosphäre hatte ihn in ihren Bann gezogen, und ganz besonders das Mädchen am

Klavier, das barfuß und in Jeans und Leibchen dasaß und so spielte, dass er das Gefühl hatte, ihre Finger schrieben ihr eigenes unerfülltes Leben in die Tasten wie er seines in seinen nie fertig werdenden Roman schrieb.
Er suchte ihre Nähe, als sie eine Pause machte, und - er konnte sich nicht erklären, wieso - sie suchte die seine!
„Du spielst wundervoll!", sagte er, als sie an der Theke ein Bier zusammen tranken; alle waren hier auf Du und Du, also passte er sich an; er wollte - besonders ihr gegenüber - kein Fremdkörper sein...
„Ach... heute fühle ich mich nicht so besonders", sagte sie, „und das hört man!"
„Oh ja - das kenne ich!", stimmte er ihr sofort zu. „Wenn ich meine schlechte Phase habe, schreibe ich auch lauter Scheiße!"
Das interessierte sie, und so geriet er einfach hinein, wo er gar nicht hatte hineingeraten wollen: er war plötzlich kein pleitegegangener Buchhändler, der sein unbefriedigendes Dasein als Vertreter fristete, sondern ein Schriftsteller, der auf den Durchbruch wartete - ein Künstler wie sie!
Sie musste weiter spielen, doch sie bat ihn zu warten, bis sie fertig sei, und er wartete. Dann redeten sie weiter, das Lokal machte zu, sie redeten auf dem Weg zu ihr weiter, dann in ihrer Wohnung, und schließlich redeten sie nicht mehr, sondern ließen sich von dem überwältigenden Gefühl der Nähe, das sich in ihnen immer mehr gesteigert hatte, zur engsten und innigsten Nähe treiben, die die Welt für

zwei Menschen zu bieten hatte...

Konrad konnte ihr nicht sagen, dass er keineswegs ein Schriftsteller, dafür aber verheiratet war. Er wollte, er konnte nicht das geringste Risiko eingehen, dass sie jemals etwas Anderes in ihm sah als an jenem ersten Abend, in jener ersten Nacht, und so blieb ihm gar nichts Anderes übrig als der ersten Lüge weitere folgen zu lassen, und im Nachhinein wunderte er sich, dass er es so lange ausgehalten hatte. Jetzt konnte er das nicht mehr...

Konrad war kein Don Juan; seine „wilden Zeiten" lagen schon lange zurück, und er liebte Karin wirklich, auch wenn es seit einiger Zeit für einen Außenstehenden, der von seinem Doppelleben Kenntnis erhalten hätte, keineswegs so ausgesehen hätte. Wenn Konrad daheim bei Karin war, war er der Mann, den sie sich wünschte, und seit er Claudia kannte, war er Karin gegenüber womöglich noch aufmerksamer und liebevoller geworden, teils aus schlechtem Gewissen, doch teils auch, weil er an ihr auf einmal zu schätzen wusste, was er früher nicht einmal bemerkt hatte.

War er bei Claudia, verhielt es sich ebenso; auch sie liebte er von Mal zu Mal mehr, und seit einiger Zeit stellte er sich immer häufiger die Frage, wie lange dieses Dreieck von sich ständig steigernder Liebe noch halten könne, ehe es mit einem Knall auseinanderflöge.

Er musste all dem ein Ende machen; er wusste nur noch nicht, wie...

Niemand konnte so verrückt sein, mit dem unzufrieden zu sein, was *er* hatte! Den meisten Menschen hätte es mehr als genügt, mit *einem* Anderen so glücklich zu sein - er war es mit *zweien*!

Und doch - es ging mehr und mehr über seine Kräfte, so viel Glück zu ertragen, wie es auch unmöglich für ihn schien, die Eine oder die Andere aufzugeben, weil er sie und sich damit gleichermaßen unglücklich gemacht hätte.

Es war eine absolut unlösbare Situation...

Kurz vor dem Ziel, völlig benebelt von seinen sich immer schneller im Kreise drehenden Gedanken, sah Konrad Meller einfach viel zu spät, dass die Straße vor ihm durch den umgestürzten Anhänger eines Lastzuges blockiert war. Er trat mit aller Kraft das Bremspedal durch, doch er hatte einfach keine Chance...

Und nicht einmal in der allerletzten Sekunde seines Lebens konnte er sich entscheiden - er hatte nicht einen, sondern zwei letzte Gedanken...

V

„Oh mein Gott!", stöhnte Konrad Meller, als er erwachte und erkannte, dass er zusammengesunken hinter dem Steuer seines Wagens saß, dass er beinahe steifgefroren war, und dass ein Wagen nach dem Anderen an ihm vorüberbrauste. Es war bereits heller Tag, bloß wusste

Konrad nicht so recht, welcher Tag heute eigentlich war – jedenfalls nicht Sonntag, denn da wären nicht so viele Laster gefahren.

„Oh mein Gott!", wiederholte er, obwohl er nicht im geringsten an Gott glaubte, ja, sogar die bloße Formulierung „an Gott glauben" verabscheute, da sie voraussetzte, dass es Gott gäbe, was seiner Meinung nach durch nichts erwiesen und auch in keiner Weise wahrscheinlich war, doch in Ausnahmefällen ließ er sich zu traditionellen Phrasen hinreißen – und wenn das kein Ausnahmefall war...

Er rappelte sich hoch und blickte durch die Windschutzscheibe; zuerst musste er allerdings den Beschlag abwischen, der sich gebildet hatte, und so enthüllte sich vor ihm nach und nach das Bild, das er jetzt nicht mehr erwartet hätte: die Straße vor ihm zog sich schnurgerade durch den Wald, keine Kreuzung, keine Abzweigung, und erst recht keine Gabelung war zu sehen!

Ihm war klar, dass er geträumt hatte, denn er hatte drei verschiedene Leben in einer einzigen Nacht durchlebt, zumindest Abschnitte davon, aber er war sich dessen nicht ganz sicher, ob der letzte Traum nicht vielleicht doch wahr gewesen und er in diesem Augenblick tot sei...

„Saukälte!", murmelte er und drehte den Zündschlüssel. Der Motor sprang sofort an und Konrad stellte die Heizung auf volle Stärke. Der Innenraum des Wagens füllte sich schnell mit Wärme, und Konrad taute auf, äußerlich wie

innerlich; er konnte nicht ewig hier sitzen bleiben – er musste weiterfahren...
Aber wohin?
Nun, die Schnauze seines Wagens wies in eine bestimmte Richtung - offensichtlich war er also auf dem Weg dahin gewesen, als ihn die Müdigkeit übermannte; was lag also näher, als jetzt dorthin zu fahren?
„Zahlfelden, Steigendorf... Gummelsbach...", memorierte er die nächsten Orte, die in dieser Richtung hinter dem Hoferdinger Wald liegen mussten, und er wusste, dass er diese Orte eigentlich nur aus den Träumen der letzten Nacht kannte - er war nie dagewesen!
Hinter ihm, da, wo das Heck seines Wagens hin wies, lagen nur zwei kleinere Orte zwischen dem Hoferdinger Wald und Pelsenach, wo er seinen Buchladen hatte, über dem er wohnte, allein, ohne Frau, ohne Geliebte, ohne all diejenigen, die er oder die ihn längst verlassen hatten. Dort lag Pelsenach, wo er geboren und herangewachsen war, wo sich manche seiner Wünsche erfüllt hatten und wo ihm die Erfüllung der meisten versagt geblieben war, wo er kleines Glück und große Enttäuschungen gefunden hatte...
Auf dem Beifahrersitz lag seine schwarze Aktentasche. Er konnte sich gar nicht daran erinnern, sie mitgenommen zu haben, und neugierig öffnete er sie.
„Nein!", sagte er laut und klappte die Tasche zu. Dann öffnete er sie ein zweites Mal um sich zu vergewissern: sie war tatsächlich mit Geldbündeln gefüllt – es mussten

Zigtausende sein, wenn nicht Hunderttausende, die er da bei sich hatte!
Und langsam dämmerte es ihm...
Er befand sich auf der Flucht!
Nein! Er hatte keine Bank ausgeraubt oder so etwas – er hatte seinen Laden mitsamt dem ganzen Haus verkauft, und dann war er aus Pelsenach geflohen! Jetzt oder nie, hatte er sich gesagt, sein Hab und Gut bis auf den Wagen zu Geld gemacht und dann die Flucht ergriffen: vor der Eintönigkeit, vor der Einsamkeit, vor einem grauen Dasein als grauer Buchhändler in einem trostlosen, grauen Städtchen mit grauen Bewohnern, die alle nicht mehr lesen konnten oder wollten...
Und dann fielen ihm seine drei Träume ein. Das waren nicht einfach irgendwelche Träume, es waren Warnungen gewesen!
Wer wollte ihn warnen – und warum? Wovor?
Sollten sich die, die da an ihm vorüberfuhren, denken, was sie wollten – Konrad lehnte sich zurück und dachte nach, lange und gründlich.
„Wer flieht, hat Angst, und wer Angst hat, hat kein Leben!", sagte er zu sich. Nein – Flucht war das Verkehrteste in seiner Situation! Er musste dahin zurück, wo er sich ungeliebt, unnütz und völlig fehl am Platz gefühlt hatte. Er musste die Dinge ändern, nicht davor fliehen! Er musste ja nicht unbedingt seinen Buchladen zurückkaufen – er konnte sich eine Wohnung oder ein

kleines Häuschen leisten, wenn er einigermaßen sparsam mit dem Inhalt seiner Aktentasche umging, und er würde endlich seinen Roman schreiben!
Sein Roman! Sollte nur niemand glauben, in Pelsenach könne Literatur nur verstauben und nicht entstehen!
„Es ist in mir! Und ich werde es beweisen!", rief er. Er drehte das Lenkrad, wendete den Wagen, als sich im vorbeifließenden Verkehr eine Lücke auftat, und dann trat er das Gaspedal nach unten.
„Du wirst deinen Weg nirgendwo finden als in dir selbst!", sagte er, und als er sich fragte, wieso ihm gerade dieser Satz jetzt so intensiv in den Sinn kam, dass er ihn aussprechen mußte, sah er im Rückspiegel einen alten Mann mit weißem Haar und einem langen weißen Bart, gehüllt in mehrere Schichten von Lumpen. Er stand mitten auf der Straße und winkte ihm mit einem langen, knorrigen Stab nach, und er wirkte irgendwie sehr fröhlich...

Die Verwandlung

Konrad saß vor der Tür zu seiner ehemaligen Abstellkammer.

Noch vor wenigen Tagen hätte er auf eine ganz gewöhnliche Tür gestarrt und nicht mehr gesehen als die eintönige Maserung von Eichenfurnier, doch jetzt war davon nur noch ein Rahmen übrig. Die Öffnung war mit Drahtgitter versehen, durch das man in eine phantastische Landschaft von verschiedenen Ebenen, verbunden durch Treppchen und Röhren, mit kleinen Häuschen darauf und Hängematten dazwischen, blicken konnte.

Auf einer der Etagen, dicht am Gitter, lagen wie ein einziges großes Fellbündel vier Frettchen, die halb neben-, halb untereinander schliefen.

Dann und wann gähnte eines oder streckte sich ein wenig im Schlummer, was jedes Mal einen kleinen Seufzer des Entzückens bei Konrad hervorrief.

Er konnte sich gar nicht satt sehen an seinen neuen Mitbewohnern.

Sie waren einfach zu niedlich...

In unregelmäßigen Abständen riss sich Konrad los und setzte sich an seinen Schreibtisch, um seinen Freunden im Internet Bericht zu erstatten. Sie freuten sich über seine Begeisterung und wollten alles ganz genau erfahren, und er war froh, dass er seiner Freude unter Gleichgesinnten

Luft machen konnte, denn ein Gefühl, wie er es jetzt empfand, konnte man nicht einfach in sich verschlossen halten.
Nach und nach verabschiedeten sich die Freunde, denn es war nun doch schon spät geworden, und Konrad beobachtete seine Tierchen weiter, bis ihm die Augen zufielen.

*

Am nächsten Tag wäre er beinahe zu spät zur Arbeit gekommen, weil er noch nicht so geübt darin war, das Futter für die Frettchen zu bereiten, die Kistchen zu säubern und vor allem, weil er sich daran begeisterte, wie die Racker ihn neugierig begrüßten, ehe sie sich über ihr Frühstück hermachten.
Als er Stunden später nach Hause kam, lagen die vier friedlich in ihrem Palast und schliefen.
Es durchfuhr ihn heiß: atmeten sie überhaupt noch? Er riß die Tür auf und fühlte bei einem nach dem anderen, ob sich der Brustkorb hob und senkte, dann atmete er erleichtert auf und setzte sich hin, um ein Weilchen zu beobachten.
Auch wenn er einen Palast für die Frettchen gebaut hatte, sollten sie doch nicht weggesperrt sein, sondern mit ihm leben, zumindest, wenn er daheim war, und so ließ er die Tür offen, hoffend, dass bald eines oder alle erwachten.

Es dauerte noch eine Weile, aber dann war es so weit.
Püppchen, die Jüngste, schlug als erste die Augen auf, gähnte, streckte sich, und dann sah sie ihn mit ihren dunklen Äuglein an.
Dann krabbelte sie in eines der Kistchen, das am nächsten stand, ließ ein Häufchen fallen und rutschte anschließend mehr als sie lief zur untersten Etage und zu Konrad hin. Sie schnupperte an seinen Schuhen, steckte den Kopf unter den Rand seiner Hosenbeine und kitzelte Konrad so mit ihrer Schnauze, dass er auflachte.
Er verpasste das Erwachen der Anderen, weil er nur auf Püppchen achtete, die mittlerweile an seinem Hosenbein nach oben klettern wollte, und ehe er es sich versah, waren alle da und beschnupperten ihn neugierig.
Konrad sah mit Entzücken, wie eins nach dem anderen begann, das Zimmer zu erkunden, und er wusste bald nicht mehr, wo er zuerst hingucken sollte, weil jedes woanders war.
Er holte schnell seine Digitalkamera und fotografierte, was ihm vor die Linse kam, und als er mit einer Stoffmaus an einer Schnur lockte, schaffte er sogar eine Aufnahme von allen vieren zugleich.
Dann begannen Otto und Heinrich sich zu balgen.
Otto biss Heinrich, Heinrich quietschte, dann biss Heinrich Otto und schleifte ihn quer durchs Zimmer - Konrad wusste nicht, was er tun sollte...
Kämpften sie ernsthaft, oder war das ein Spiel?

Er versuchte krampfhaft sich in Erinnerung zu rufen, was ihm diesbezüglich gesagt worden war, aber er bekam vor Aufregung seine Gedanken nicht zusammen...

Glücklicherweise hörten die beiden mit dem Gerangel so schnell auf, wie sie damit begonnen hatten, und jeder ging wieder seiner Wege.

Konrad atmete auf. Da musste er später noch bei seinen Freunden im Internet nachfragen...

Es polterte.

Bärline hatte es geschafft auf den Schreibtisch zu gelangen, und nun spazierte sie auf der Schreibunterlage umher und beschnüffelte seine Kugelschreiber. Sein Handy lag auf dem Boden...

Konrad hob Bärline vom Tisch - Mann, fühlte sich das knuffig an! - und setzte sie sanft auf dem Boden ab. Sie zeigte kein weiteres Interesse an dem Schreibtisch, sondern gesellte sich zu den anderen, die ihre Nasen schnuppernd an den Spalt der Tür zum Schlafzimmer hielten.

Und dann verschwand der Spuk so schnell, wie er gekommen war; eins nach dem Anderen kehrte in den Palast zurück,

suchte sich ein Plätzchen, und binnen weniger Minuten schiiefen die Frettchen wieder selig.

Konrad strich jedem noch kurz über sein weiches, warmes Fell, dann schloss er sachte die Tür.

Jetzt war es an der Zeit, den Freunden im Internet von den

Ereignissen zu berichten.

*

So vergingen Tage und Wochen.
Konrad kam jeden Tag ein wenig später zur Arbeit und fand auch meist einen plausiblen Vorwand, warum er ein halbes oder ganzes Stündchen früher weg musste - er konnte seine Lieblinge doch nicht so lange allein lassen!
Seinen Kollegen fiel auf, dass er - im Gegensatz zu früher - schlecht oder gar nicht rasiert war, dass seine ehemals tadellose Frisur immer ungepflegter wirkte, und seine Kleidung war mittlerweile mehr als nachlässig.
Seine Arbeitsleistung fiel stetig und schließlich weit unter das, was man von einem qualifizierten Mitarbeiter erwartete, und so durfte sich Konrad letztlich darüber freuen, daß er nach seiner Entlassung nicht mehr ins Büro fahren und seine Frettchen allein lassen musste. Er konnte nun den ganzen Tag über mit ihnen zusammen sein...
Er hatte auch nicht mehr so viel Zeit, mit den Freunden im Internet zu tratschen. Jede Minute war kostbar, und irgendwie tat er sich jetzt mit dem Tippen schwer, obwohl er früher lange Berichte in Foren geschrieben und stundenlang gechattet hatte.
Schließlich gab er es ganz auf...

*

Ein paar Monate, nachdem Konrad von einer gewissen Romy seine Frettchen geholt hatte, fand Romy ein E-Mail in ihrem Posteingang.
'Liebe Romy, ich muß für längere Zeit verreisen. Bitte kümmere dich um meine Frettchen - ich kann es nicht mehr. Konrad'
Romy, die wie alle Anderen schon seit geraumer Zeit nichts mehr von Konrad gehört hatte - sie hatte ihn aus Sorge schon mehrmals angerufen, aber er war nie ans Telefon gegangen - alarmierte ihre Freundin Tatjana, und gemeinsam fuhren sie zu Konrads Wohnadresse.
Auf ihr Klingeln öffnete niemand, aber als sie probeweise die Türklinke nach unten drückten, öffnete sich die Tür, und kurz entschlossen betraten sie die Wohnung.
Es stank fürchterlich...
Unter ihren Schuhen knirschten Körnchen von Trockenfutter, überall verstreut zu sehen, als sie sich weiter vor wagten, sowie die Überreste von vertrockneten Pizzabrötchen. Alle Türen standen offen, auch die zum 'Palast'. Er war leer...
Auf dem Schreibtisch lag ein Packen Geldscheine, und ein zittrig hingekritzelter Pfeil auf der Schreibunterlage zeigte genau dahin...
Im Schlafzimmer stand das Bett, unzählige Decken, Tücher und Kissen darauf, und fünf Frettchen lagen eingerollt mitten darunter, aneinander gekuschelt, und da gähnte eins, ein Anderes streckte sich...

Und eins hob den Kopf, öffnete die Augen und sah sie an.

Es hatte blaue Augen...

Mein Freund, der Boss

Ich gähnte, streckte mich, und dann ließ ich alle Muskeln zittern, um meinen Kreislauf anzukurbeln. Ah! Ich hatte gut und lange geschlafen, mit einer kleinen Unterbrechung, um ein Häufchen ins Kistchen zu machen und meinem Magen einen kleinen Imbiss zu gönnen, und nun fühlte ich mich wie neu geboren und fit für das, was der Abend bringen mochte. Ich kroch aus meiner Schlafhöhle und schwang mich ins nächst stehende Kistchen, und während ich mein Geschäft verrichtete, sah ich Ceddie. Er lag neben dem Wassernapf vor der Tür, die nach draußen führte, und schien zu schlafen.

Ich fand es ziemlich ungewöhnlich, dass er da auf dem doch recht kalten und harten Boden lag, wenn unser Frettchenreich doch reichlich mit weichen und warmen Höhlen, Hängematten und Körben eingerichtet war, und ging zu ihm hinüber.

Mir fiel sofort auf, dass er anders roch als sonst, und als ich ihn mit der Nase anstieß, zuckte ich zurück, denn sein Körper fühlte sich nicht warm und weich an, wie ich es erwartet hatte, sondern kalt und hart.

Ich musste mich getäuscht haben, also versuchte ich es noch einmal, dann wieder und wieder, doch immer mit dem gleichen Ergebnis. Was sollte ich jetzt bloß tun?

Ich legte mich flach auf den Boden, um nachzudenken.

"Na, was ist denn heute mit dir los? Versuchst du gar nicht, die Tür aufzubrechen?"
Ich blickte auf. Neben mir stand Nicki, und sein Geruch und die Wärme, die er ausstrahlte, machten mir noch deutlicher bewusst, dass mit Ceddie etwas Schlimmes geschehen sein musste.
"Ceddie... er...", brachte ich mühsam heraus.
"Ich weiß", sagte Nicki. "Ich habe ihn schon vor einer Weile so gefunden. Er ist tot."
"Tot? Du meinst.... so wie Danny?"
Nicki legte sich flach neben mich.
"Ja, wie mein Bruder", sagte er leise, und ich fühlte mit einem Mal, dass er nie aufgehört hatte, um ihn zu trauern.
Vor fast genau einem Jahr hatten Grete und Tommy, unsere Menscheneltern, Danny zu einer Operation weggebracht, die ihm helfen sollte, aber er war nicht zurück gekommen. Er war schon zu sehr krank gewesen und der Arzt hatte nichts mehr für ihn tun können...
"Aber... Ceddie ist doch gesund! Wieso sollte er plötzlich tot sein?"
"Ich weiß es nicht", sagte Nicki leise.
Das Geräusch sich nähernder Schritte eines Zweibeiners schreckte uns auf. Ich erkannte Tommy am sanften Auftreten, noch ehe er die große Tür öffnete und über die kleinere zu uns herein blickte.
"Scheiße", flüsterte er, dann öffnete er auch die kleine Tür und scheuchte Nicki und mich nach draußen, betrat unser

Frettchenreich, schloss die Tür hinter sich, und wir konnten nicht mehr sehen, was nun drin vor sich ging.
Nicki trollte sich ins Vorzimmer, und ich legte mich flach auf den Wohnzimmerteppich und wartete. Es dauerte nicht lange, bis Tommy wieder heraus kam und gleich darauf mit dem faszinierenden Ding, das er Kamera nannte, erneut im Frettchenreich verschwand. Es blitzte einige Male, und ich wusste, dass er jetzt dafür sorgte, dass bald viele Zweibeiner Ceddie sehen konnten, wie er da lag als ob er schliefe, und der dennoch nie wieder aufwachen würde...

*

Die Transportkiste, in der ich nun schon geraume Zeit einer ungewissen Zukunft entgegen schaukle, wird abgestellt und die Gittertür öffnet sich.
Es sieht ganz nach einer Einladung aus, die unbekannte Umgebung zu erkunden, und so schlüpfe ich erst einmal aus der wärmenden Decke, steige aus der Kiste und schnuppere. Aus einer Vielzahl interessanter Gerüche filtere ich sofort den von Artgenossen heraus, obwohl ich mich nicht daran erinnern kann, jemals zuvor welche gewittert zu haben; ich weiß einfach, wie Frettchen riechen - und hier müssen welche sein!
Ich mache mich sofort auf die Suche, und trotz des verwirrenden Hin und Her an Spuren finde ich nichts.
"Ich lasse Ceddie heraus", sagt die Zweibeinerin, die mich

her gebracht hat. Sie öffnet eine Schiebetür, und da stürmt auch schon ein eher kleiner, schlanker Artgenosse auf mich zu. Er schnuppert an meinem Hinterteil, dann stellt er sich breitbeinig vor mir auf.

"Ich bin Ceddie", sagt er. "Und damit du es gleich weißt: ich bin hier der Boss!"

Ich will ich ebenfalls vorstellen, als er mich auch schon blitzschnell am Nacken packt und von den Beinen reißt. Ich quietsche vor Schreck, und er scheint das zu mögen, denn er packt mich noch fester und dreht mich auf den Rücken.

"Hast du kapiert?"

Seine Fangzähne blitzen vor meiner Nase...

"Ja, klar", keuche ich. So habe ich mir meine erste Begegnung mit einem Artgenossen nicht vorgestellt.

Er lässt mich wieder auf die Beine kommen, hängt sich dann halb über mich, und als ich einen erneuten Biss erwarte, beginnt er mein Fell zu putzen. Ich halte still, obwohl ich der Sache nicht ganz traue, doch er lässt mich bald los.

"Komm mit! Ich zeige dir alles", sagt er. "Wie heißt du denn überhaupt?"

"Ich... also, ich weiß nicht recht. Ich habe so etwas Ähnliches wie 'Randy' verstanden."

"Egal - das ändert sich bestimmt noch", sagt Ceddie und trabt voran, ich hinterher.

"Unser Revier ist nicht groß, aber es gibt hier viele Höhlen, Klettermöglichkeiten und jede Menge Spielsachen", sagt

Ceddie, fasst eine rote Blechdose, die auf dem Boden liegt, mit den Zähnen und trägt sie in eine Ecke, in der ein Weidenkorb steht, legt sie hinein und sieht mich dann schelmisch an.

"Diese roten Dinger gehören mir", sagt er. Ich nicke.

"Ah, da kommen Nicki und Danny!"

Ich drehe mich um, gerade noch rechtzeitig, um mich ducken zu können, als sich zwei Artgenossen auf mich stürzen. Ich quietsche, aber zu meinem Erstaunen sind sie viel sanfter als Ceddie, obwohl sie größer und schwerer sind als er.

"Stell dich nicht so an, Kleiner", ruft mir Ceddie zu. "Sie wollen dich doch nur begrüßen!"

Schöne Begrüßung, denke ich, als mich einer ins Ohr beißt, aber dann lassen sie mich los, legen sich flach hin und starren mich an.

"Jungs, unser Gast heißt Randy", sagt Ceddie.

"Ich bin Danny", sagt der Schlanke. "Und das ist mein Bruder Nicki!"

Ich weiß nicht, was ich sagen soll, denn ich befinde mich zum ersten Mal in so einer Situation, aber das stört die beiden nicht. Sie stehen auf und traben davon.

"Wir sind ein tolles Team", sagt Ceddie, der nun wieder an meiner Seite ist.

"Es ist noch nicht lange her, da waren wir zu vieren, aber Fredy ist vor kurzem gestorben. Er war schon sehr alt..."

"Gestorben? Was bedeutet das?" frage ich.

"Das bedeutet, dass jemand einschläft und nicht mehr aufwacht", sagt Ceddie und sieht dabei sehr ernst drein, doch dann hüpft er mit allen Vieren zugleich einige Male hin und her, und dann renne ich mit ihm gemeinsam durch das ganze Revier mit all seinen Ecken und Winkeln, bis wir schließlich in einem angenehm dunklen Raum landen. Hier gibt es massenhaft Höhlen, dazwischen mehrere Kistchen für Häufchen - so einen Palast habe ich noch nie zuvor gesehen.

Ceddie legt ein Häufchen ab.

"Zu essen findest du dort drüben", sagt er und verschwindet in einer der Höhlen.

Ich merke erst jetzt, dass ich hungrig und durstig bin, und so mache ich mich über das Futter her. Es sieht anders aus, riecht anders und schmeckt auch anders als gewohnt, aber das macht mir jetzt nichts aus und ich lange kräftig zu. Dann bin ich satt, finde eine freie Höhle, kuschle mich in die weiche Decke, die drin liegt, und vor dem Einschlafen wünsche ich mir noch, dass sich dies alles nach dem Aufwachen nicht bloß als schöner Traum erweisen wird...

*

Ich rappelte mich hoch, als ich Tommy in der Küche hantieren hörte. Er war dabei, Fleisch zu schneiden - das konnte ich erkennen, und es erinnerte mich daran, dass

ich seit dem Erwachen noch nichts gegessen hatte.
Ich machte mich also auf den Weg in die Küche. Nicki war auch schon da, aber er bettelte nicht wie sonst, sondern stand einfach da und wartete, und so gesellte ich mich zu ihm, statt Männchen zu machen und herunter gereichte Kostproben zu fordern.
"Gleich, meine Freunde, gleich ist es so weit", sagte Tommy, und dann stellte er auch schon die Schale mit den köstlich duftenden Fleischmenü vor uns hin.
Nicki schnappte sich ein Stückchen Fleisch und kaute eher lustlos darauf herum. Ich fischte ebenfalls einen Brocken heraus, kaute ihn durch und stellte dabei fest, dass ich zwar Hunger, aber keinen Appetit hatte. Nicki hatte sich inzwischen schon abgewandt und trottete ins Arbeitszimmer.
Ich nahm noch einen Happen, dann ging ich zurück zu unserem Frettchenreich. Die Tür war noch immer verschlossen und dahinter lag wohl noch immer Ceddie.
"Ich kann dich jetzt nicht hinein lassen", sagte Tommy, der mir gefolgt war.
"Wir lassen alles so, bis Grete da ist!"
Er war so groß, dass er über die Tür hinweg ins Frettchenreich blicken konnte, und ich sah, dass seine Augen feucht glänzten, als er sich nachher zu mir nieder beugte und mit einer Hand sanft über meinen Kopf strich.
Ich hätte nur zu gern etwas gesagt, um ihn zu trösten, doch er hätte kein Wort verstanden, also sagte ich nichts

und beobachtete ihn, wie er sich wieder erhob und ins Arbeitszimmer ging. Er nahm sein Telefon und ich wusste, dass er Grete erreichen wollte, doch es misslang und er legte das Telefon wieder weg.
Nicki hatte sich in einem kleinen Korb eingerollt und schlief, und so machte ich mich auf den Weg zum Kleiderschrank, kroch in eines der Plastikkörbchen mit den kuscheligen Stoffresten und grub mich darin ein. Wie oft hatten wir alle hier gelegen! Ich konnte Ceddie wittern; jedes Körbchen, jedes Stückchen Stoff roch nach ihm...

*

"Du stinkst, Kleiner - es ist kaum noch auszuhalten! Was bin ich froh, dass du morgen kastriert wirst!"
"Kastriert? Was ist das?"
Ceddie lacht.
"Der Doc schneidet etwas aus dir heraus", sagt er. "Dann stinkst du nicht mehr."
Ich sehe Ceddie entsetzt an.
"Schneidet etwas heraus? Das tut doch bestimmt furchtbar weh!"
"Nein, nein! Du bekommst eine Narkose und verschläfst die ganze Sache."
Das beruhigt mich nur wenig und ich lasse nicht eher locker, bis mir Ceddie alles genau erklärt hat.
Ceddie kann gut erklären. Er ist unglaublich klug und weiß

auf alle Fragen eine Antwort, und so habe ich in der kurzen Zeit, die ich hier bin, schon mehr gelernt als in meinem ganzen früheren Leben. Nun weiß ich auch, was "kastrieren" bedeutet, und ich habe nur noch ein klein wenig Angst davor. Immerhin sind meine drei neuen Freunde schon seit langem kastriert, wie ich eben erfahren habe, und keinem ist dabei etwas geschehen.
Auch ich überstehe die Sache problemlos...
Ich selbst merke es ja nicht so, aber einige Zeit später bestätigt mir Ceddie, dass ich nicht mehr stinke, ja sogar, dass Nicki und Danny stärker riechen als ich.
"Woher kommt das?" frage ich ihn.
"Sie sind krank", sagt Ceddie. "Grete und Tommy wissen noch nicht, wie sie den beiden helfen können, wieder gesund zu werden, aber ich hoffe, dass sie einen Weg finden werden."
"Krank? Ich habe davon nichts bemerkt", sage ich. "Sie sind doch wie immer..."
"Das sieht nur so aus, du kannst mir glauben!"
Es dauert nicht lange, dann sehe ich selbst, dass mit den beiden etwas nicht stimmt. Ihr Fell wird schäbig und dünn, sie riechen stärker, dass es sogar mir in die Nase sticht, und sie wälzen sich unentwegt auf dem Fußboden und in allen Höhlen und Körben. Wenn wir spazieren gehen, tun sie das auch im Gras und an Baumwurzeln, und Grete sieht dann immer sehr besorgt drein.
Spazieren gehen - das ist auch so etwas, das ich früher

nicht gekannt habe. Es ist sehr lustig, wenn wir in eine Transportkiste oder in Taschen gepackt und dann irgendwo im Freien heraus gelassen werden. Sie legen uns dann ein so genanntes Geschirr an, an dem sie eine lange Schnur befestigen, die sie in den Händen halten.

"Sie wissen genau, dass wir blitzschnell in den Büschen verschwunden wären, wenn sie uns nicht an den Leinen zurückhielten", sagt Ceddie dazu und kichert spitzbübisch.

"Wir würden niemals wirklich abhauen - da wären wir ja schön blöd!" fährt er fort. "Wir müssten unser Essen im Wald jagen, aus dem eiskalten Bach trinken, und an den Winter im Freien mag ich gar nicht erst denken!"

"Winter? Was ist das?" frage ich.

"Das ist die Zeit, in der es im Freien sehr kalt ist. Es ist alles mit Schnee bedeckt, und es ist ganz toll darin zu spielen, aber dann muss man sich schnell wieder aufwärmen. Im nächsten Winter wirst du sehen, was ich meine...!"

Ehe aber dieser ominöse Winter kommt, geschieht noch einiges.

Eines Tages hüpft Ceddie ganz aufgeregt umher.

"Es gibt wieder ein Frettchentreffen!" schreit er vergnügt.

"Ah! Endlich!" sagt Danny, und auch Nicki wirkt begeistert.

Sie erklären mir, dass das ein ganz besonderer Ausflug ist. Da kommen viele Zweibeiner mit vielen Frettchen zusammen, und wir können alle mit einander spielen.

"Manche Zweibeiner mögen das nicht so sehr, wenn ich

dabei bin", schmunzelt Ceddie. "Ich bin nämlich der beste Kämpfer weit und breit, und diese Ahnungslosen glauben, ich täte ihren Lieblingen weh - sie wissen ja nicht, dass es Show ist, wenn wir wild raufen."
"Oh! Das hört sich allerdings nach einer Menge Spaß an", sage ich. Ich balge mich zwar nicht so gern, aber ich sehe gern zu, und als wir dann tatsächlich bei diesem Frettchentreffen sind, komme ich voll auf meine Kosten. Ceddie liefert eine tolle Show, und wir sind alle sehr stolz auf ihn.
Ich lerne hier viele Artgenossen kennen, und ich bin noch viel mehr stolz auf Ceddie, als ich merke, dass sogar ich ein wenig von der allgemeinen Anerkennung, die er genießt, abbekomme. Er wird von allen respektiert, und weil alle wissen, dass ich tagtäglich mit ihm zusammen bin, färbt der Respekt auch ein wenig auf mich ab. Ich bin jedenfalls von dem Treffen total begeistert und freue mich schon auf das nächste.
Bisher haben auch Danny und Nicki mitunter an meiner Bildung mitgearbeitet, aber je strenger ihr Geruch und je dünner ihr Fell wird, desto weniger kümmern sie sich um mich. Sie balgen viel mit einander, und die Balgereien werden immer gröber. Sogar Ceddie ist deswegen beunruhigt, aber so klug er auch ist, kann er doch nichts dagegen tun, dass die beiden immer wieder über einander her fallen.
Grete und Tommy bringen die beiden zum Doc, und einige

Zeit später bessert sich die Lage.
"Ihre Nebennieren sind vergrößert", erzählt mir Ceddie, der wieder einmal bestens informiert ist. "Ich verstehe leider nicht viel von dem, was Grete und Tommy darüber reden, aber ich denke, dass Danny und Nicki so eine Art Medizin bekommen, die ihre Krankheit im Zaum hält."
Das freut mich, denn ich mag die beiden sehr gern, auch wenn ich noch immer das Gefühl habe, dass sie mich zwar akzeptieren, mich aber nicht wirklich ins Herz geschlossen haben. Ceddie ist da ganz anders. Er hat sich vom ersten Tag an mit mir unterhalten, er erklärt mir alles und jedes, und obwohl er beim Balgen ganz schön grob sein kann, fühle ich mich dabei wohler als beim Balgen mit Danny oder Nicki.
Und dann kommt tatsächlich der Winter...
Es wird draußen immer kälter, und wir essen mehr als sonst, bis wir eine dicke Fettschicht unter dem Fell haben. Trotzdem spüre ich bei unseren jetzt selteneren Spaziergängen, dass ich schneller als sonst froh darüber bin, wenn ich mich in die warme Decke im Transporter einkuscheln kann, und besonders kalt ist es, als der Schnee kommt. Ceddie hat Recht - es macht riesigen Spaß darin zu wühlen und sichtbare Spuren zu ziehen, aber die Pfoten werden schnell kalt und man muss sich zwischendurch oft aufwärmen.
Der Frühling ist mir lieber.
Es duftet nach Gräsern und Blüten, und in den Wiesen und

an den Wegrändern tauchen die unterschiedlichsten Gerüche von frei lebenden Vierbeinern auf, manche sogar ein wenig vertraut, ganz so, als wären es Verwandte von uns Frettchen...

Nicki sieht immer schlimmer aus. Er hat beinahe gar kein Fell mehr, und eines Tages bringen ihn Grete und Tommy mit ernsten Gesichtern weg.

"Ich hoffe, dass wir ihn wieder sehen", sagt Ceddie.

"Auf jeden Fall", meint Danny. "Er muss es einfach schaffen!"

Nicki wird vom Doc aufgeschnitten, so viel habe ich mitbekommen...

Wir verbringen die Wartezeit in Unruhe, und zum ersten Mal erlebe ich, dass Ceddie ernsthaft besorgt ist.

"Danny ist sehr sensibel", sagt er leise zu mir. "Wenn Nicki nicht wiederkommt, übersteht er das nicht."

"Ich denke, ich weiß, was du meinst. Sie hängen sehr an einander..."

Ceddie nickt.

Und dann kommen unsere Zweibeiner zurück, und sie haben Nicki bei sich!

Er schläft, aber Ceddie, der sofort bei Grete und Tommy spioniert, berichtet uns, dass alles gut gegangen sei und Nicki nur schlafe, weil er müde sei.

Nicki erholt sich schnell, und bald bekommt er wunderschönes Fell. Er ist wieder ganz der Alte, wie es aussieht...

Das Leben ist schön!
Wir vier sind ein tolles Team, und wir haben viel Spaß mit einander.
Ceddie bringt mir immer wieder neue Dinge bei, und eines Tages frage ich ihn:
"Sag, wieso zeigst und erklärst du gerade mir so viel - wieso nicht Danny und Nicki? Ich meine, sie sind zwar so alt wie du, aber sie wissen und können nicht einmal die Hälfte von dem, was du weißt und kannst..."
"Danny und Nicki sind zufrieden damit, was und wie sie sind... du bist anders, das habe ich sofort gemerkt. Du bist jung, wissbegierig, und du bist intelligent... aber bilde dir bloß nichts ein - du musst noch viel lernen!"
Ceddie überschätzt mich bestimmt, aber ich merke doch, dass ich meist der einzige bin, der ihm zuhört, wenn er etwas erklärt. Ich verstehe nicht alles, aber doch recht viel, und er scheint damit zufrieden zu sein.
Und dann passiert etwas...
"Wir werden übersiedeln", berichtet Ceddie, der wieder einmal spioniert hat.
"Übersiedeln?" frage ich.
"Ja. Grete und Tommy haben eine neue Wohnung gefunden, und wir bekommen ein neues Frettchenreich!"
Wir sind alle aus dem Häuschen. Das waren ja aufregende Neuigkeiten!
Es ist Sommer, und es ist schrecklich heiß, doch als wir in die neue Wohnung kommen, stelle ich schnell fest, dass es

hier nicht ganz so heiß ist, und das neue Frettchenreich ist sogar noch ein wenig kühler. Unsere alten Höhlen sind da, auch ein paar neue, und mehr Platz haben wir auch.
Die ganze Wohnung ist viel größer, und man kann im Kreis herum durch alle Räume hinter einander her jagen.
Der Sommer bleibt heiß, und der Herbst ist nicht viel kühler, und als wir uns eben so richtig in unserem neuen Revier eingelebt haben, geht es Danny schlechter und schlechter. Er muss zum Doc, bekommt Medizin zu schlucken, und schließlich bringen ihn Grete und Tommy zum Doc, um etwas aus ihm heraus schneiden zu lassen.
Danny kommt nicht wieder nach Hause...
"Was ist passiert, Ceddie? Weißt du etwas darüber?" frage ich ihn.
Er wirft einen Seitenblick auf Nicki, der traurig zusammengekauert da liegt.
"Danny hatte viele kleine Gewächse im Bauch... der Doc hätte nicht alle entfernen können. Danny hätte gelitten, wenn er wieder aufgewacht wäre..."
Nicki schnieft.
"Es war wohl das Beste für Danny", fährt Ceddie fort. "Wir haben Grete und Tommy immer vertraut - wir sollten das auch diesmal tun."
Nicki zieht sich in eine Höhle zurück. Es ist Dannys Lieblingshöhle...
"Nicki wird darüber hinweg kommen", sagt Ceddie leise. "Danny ist... war mein ältester Freund... und ich werde es

auch schaffen..."
Ich spüre jetzt, dass wir nicht bloß ein Team sind, sondern eine Familie, und unsere Familie hat soeben ein Mitglied verloren...
Wir Frettchen sind ein verspieltes, fröhliches Volk, und die Trauer um einen Bruder oder einen Freund kann uns nicht dauerhaft davon abbringen, uns wie Frettchen zu verhalten, aber mir fällt auf, dass die besinnlichen Momente häufiger sind als früher. Den ganzen milden Winter über gibt es keine Spaziergänge, und im Frühling beginnen Grete und Tommy gemeinsam mit Freunden ein Tierheim einzurichten.
"Weißt du eigentlich, wie unsere Zweibeiner dazu gekommen sind, so vielen unserer Artgenossen zu helfen?" fragt Ceddie aus heiterem Himmel.
"Nein, ich habe keine Ahnung", antworte ich.
Ceddie erzählt mir von Billie, an den er selbst sich kaum erinnern kann, weil er noch zu jung war, als Billie, der nur wenig älter als er war, an einem angeborenen Herzfehler sterben musste. Er erzählt mir davon, dass er selbst einen angeborenen Fehler hatte, der zum Glück beim Kastrieren einfach behoben werden konnte, und er sagt, dass Grete und Tommy damals begonnen haben, zu helfen und zu beraten.
"Dann haben also so viele Frettchen dir zu verdanken, dass ihnen geholfen wird", sage ich.
"Nein, mein Kleiner. Sie haben es den Zweibeinern, allen

voran Grete und Tommy zu verdanken. Ich war nur einer der der Auslöser..."
"Du bist zu bescheiden", protestiere ich. "Ohne dich wäre es nie dazu gekommen!"
"Egal", winkt er ab. "Wichtig ist doch nur, dass geholfen wird. Und in diesem Tierheim kann noch besser geholfen werden."
Bald darauf dürfen wir das Tierheim besichtigen.
Ceddie sieht sich alles genau an.
Er weiß, dass er der geheime Pate dessen ist, was hier geschaffen wird, und er ist stolz darauf - zu Recht, wie ich weiß.
Es ist hier wirklich nett, und nach der Besichtigung spielen wir ein wenig, ehe wir müde in die Transportbox klettern und uns in unser Revier zurück bringen lassen.
Schade, dass Danny das nicht mehr sehen kann, denke ich. Er hätte es sich wirklich verdient gehabt!
Der Sommer wird sehr heiß, und es gibt deshalb keine Spaziergänge, erst als der Herbst kommt, fahren Grete und Tommy mit uns ins Grüne, wie sie es nennen. Wir sind schon öfter in dieser Gegend gewesen, auch wenn es schon geraume Zeit her ist, und ich erkenne jeden Weg an seinem Duft. Ceddie und Nicki sind sehr vergnügt, denn sie lieben die Spaziergänge genauso wie ich, und wir toben uns endlich wieder einmal so richtig aus.
"Der kommende Winter wird sehr kalt werden", sagt Ceddie eines Tages. "Iss dir ordentlich Winterspeck an!"

"Das werde ich tun", sage ich. "Aber... woher weißt du das eigentlich?"
"Aus dem Fernsehen", sagt Ceddie. "Ich kann den flimmernden Kasten ein- und ausschalten."
"Oh! Das musst du mir unbedingt beibringen!"
"Lieber nicht. Man kann auch zu viel können, mein Kleiner!"
"Das verstehe ich jetzt nicht", sage ich verwirrt.
"Na, pass auf: wie ist das mit dem Bücherregal? Ich habe dir gezeigt, wie man ganz nach oben kommt. Und was tust du? Du wirfst alles, was dir im Weg ist, aus den Fächern. Hast du das bei mir schon erlebt?"
Ich schüttle den Kopf.
"Du kannst es, aber du machst es nicht richtig - das habe ich gemeint...!"
"Und wie ist das mit dem Fernsehkasten?"
Ceddie legt den Kopf zur Seite.
"Du könntest den Kasten einschalten, und du würdest vieles hören, aber du würdest auch vieles nicht oder falsch verstehen, und das wäre nicht gut."
"Aber du kannst mir doch bestimmt dabei helfen, zu verstehen..."
Ceddie antwortet nicht und gibt mir zu verstehen, dass für ihn das Thema abgehakt ist.
"Nimm dir kein Beispiel an mir, Putzie", sagt er bloß. "Wir sind Frettchen, und wenn wir auch noch so klug wären, bleiben wir doch immer Frettchen - vergiss das nie!"

Ich nicke, aber ich denke, er kann nicht verhindern, dass er mein Vorbild ist.

*

Nicki riss mich aus meinen Erinnerungen.
"Fühlst du dich auch so mies wie ich?" fragte er. Ich nickte.
"Ich weiß gar nicht, was ich sagen soll", brachte ich heraus. "Es kam so... unerwartet, so... plötzlich...!"
"Für mich kam es nicht ganz so unerwartet", meinte Nicki. "Ceddie hat mir erst vor kurzem anvertraut, dass es ihm nicht so gut gehe."
"Tatsächlich? Wieso hat er mir nichts davon gesagt?"
"Er wollte dich nicht beunruhigen. Und er wollte nicht, dass Grete oder Tommy etwas bemerken..."
"Aber warum denn? Sie hätten ihm doch vielleicht helfen können! Bestimmt sogar!"
Nicki schüttelte den Kopf.
"Du weißt doch selbst, wie Ceddie war! Er war immer lebhaft, immer gut drauf, war nie wirklich krank oder so..."
"Ja, und...?"
"Nun, du hast mit erlebt, wie es mit Danny zu Ende ging, wie er in der letzten Zeit leiden musste. Und du hast genau wie wir alle die vielen Frettchen gesehen, die Grete und Tommy gepflegt haben, manche so krank, dass sie immer wieder zum Doc geschleppt werden mussten, dass sie jede Menge scheußlicher Medizin schlucken mussten,

dass viele von ihnen vom Doc aufgeschnitten und repariert werden mussten, und dass das bei manchen auch nicht mehr geholfen hat..."

Ich nickte.

"Ceddie wollte nicht, dass er so endete. Er wollte bis zuletzt der bleiben, der er immer war, wollte, dass wir uns immer so an ihn erinnern würden, wie wir ihn kannten: schnell, stark, klug... "

Nicki schniefte.

"Aber... du warst auch sehr krank... du musstest Medizin schlucken, du wurdest vom Doc aufgeschnitten... und dir konnte geholfen werden - warum nicht auch Ceddie?"

"Das ist das Leben, mein Kleiner", sagte Nicki traurig. "Ich habe mich vor einem Jahr auch gefragt: warum Danny, warum nicht ich? Ceddie hat es mir damals erklärt: Wir alle tragen unser Schicksal von Geburt an in uns, und nicht einmal die Zweibeiner können wirklich etwas dagegen tun, wenn manchen von uns weniger Zeit vorbestimmt ist als Anderen..."

Ich legte mich flach auf den Boden und dachte nach. Meine Familie bestand nur noch aus Nicki und mir, und ich fühlte, dass es nicht mehr lange dauern würde, bis ich der Einzige sein würde.

War dies das Leben?

Wie hätte sich Ceddie in meiner Situation verhalten?

Und dann sah ich es klar und deutlich vor mir:

Ceddie hatte mich mehr gelehrt als je ein Frettchen wissen

und können musste, und das hatte er mit einer bestimmten Absicht getan. Es ging nicht einfach nur darum, dass ich etwas lernte, sondern dass es jemanden gab, der das Erlernte seinerseits weiter geben konnte! Ceddie hatte sehr wohl beobachtet, dass ich - zum Unterschied von ihm selbst - so gut wie keine Schwierigkeiten mit fremden Artgenossen hatte und dadurch leicht und schnell Kontakt zu vielen von ihnen haben konnte. Ich musste lediglich Gelegenheit dazu bekommen...

Ich begriff, dass ich Ceddies Vermächtnis in mir trug und dass es an mir lag, seinen letzten Willen, den er Jahre lang vorbereitet hatte, zu erfüllen.

Beinahe hätte ich überhört, dass Grete nach Hause gekommen war.

Tommy empfing sie mit den Worten: "Es ist etwas Schlimmes passiert... Ceddie ist tot!"

Ich fand es zum ersten Mal in meinem Leben sehr unfair, dass Frettchen nicht weinen können...

*